日夫
詩集

Asuo

Shichosha
現代詩文庫
192

Gendaishi
Bunko

思潮社

現代詩文庫　192　川上明日夫・目次

詩集〈白くさみしい一編の洋館《ホテル》〉から

詩集〈蜻蛉座〉全篇

拾遺詩篇 1987-2008

未刊詩篇　2008-2010

エッセイ

作品論・詩人論

装幀・芦澤泰偉

詩篇

詩集〈哀が鮫のように〉から

あなたはひくくたれこめて

あなたはひくくたれこめて
　　　　　　ゆたかに
花の方法で眼を閉じる
この部屋　満ちている
くるしい秘密
脱ぎながら
何もいわないで死んでゆく

あなたの気持ち

つーと白い手がのびてくる
あなたから
わたしへの夜間飛行
そんな　あなたに
わたしは野菜《レタス》さえもあげられないと

春のようにとても美味しい殺人

鏡の中の鳥

向きあって立っている
一枚の鏡のよう
に
ぼくたち
微笑かわす眼の中の他人を
さみしく映していた
もう
くちごもることはなにも無かったね
ただ
みず海のしぐさに流れでる
風の筏にのって
みつめあう彼岸から

はげしく
白い水鳥が翔んでいったのを
ああ人よ
まばたきしない夢の深さで考えよう

すべて
運び去るもののために眼は在る
と

鬼火

わたしたち
いつまでも平行線だったの
　ね
あなたはあなたの距離をたぐり
わたしはわたしの距離をたぐる
もう
たぐりよせる何ものも無くなった

あなたとわたし
耐えがたくすべてから離れるため
あなたに還るため
わたしに還るため
なんと
多くの営為の鳥が死んでいったのだろう
運び去る者のために眼は在り
たった一行の詩句の傷みに
わたしの過去は在る
ひとつの
生命の果てしない脈搏に立って
意味は意味をめぐり
四季は
哀色の傷みをめぐる

めくるめくいまは冬

想い出はひとつの暖炉のかたち
　つつましく

つつましく滞納した夢に痩せながら
あなたからわたしへ
賭けてくれる哀しい期待
その
重さばかりが燃えている

ああ

雁の音

弧に絞るのは誰れ
弧に耐えているのは
誰れ
ぼうぼうと
心にはいつでも
鈴の風が渡ってゆく
僕たちの哀憐よ
ひとしきり群れ

舞い上がった雁の方向から
美しい葦のように放たれたのか
矢の声
おもい乱れた弦のかたちに
淋しい虚空がしなる
ああ　あなた
いつの日か
誰も住まなくなった心の北へ
翔びつづける
鏡のなかの鳥
おまえは寒いか
営為の沖
青ざめたみず海の風紋は
もう
追うな
何処かで
　どこかで
盲いた記憶をついばんでいる
春の揺籃

雪の音がいま鳴った

祝婚歌

ねえ
わたしを消してごらん
わたしの眼の中で
ほら
わたしと
わたしの接吻
ねえ
ほんとうにいいとおもう
おもう　よ
ほら
水に飢えながら
咲いている花があるだろう
ねえ　あるだろう

泣きながら
根をおろす大地をさがしているんだよ
ね
根は
おろすな
意味のうえ
一瞬の光と影のゆらめき
人の世の淋しい所在では
　ね

微振

あなたもやはり
長方形に死んでゆくのか
たった
一行の詩句の傷みに
わたしの過去は

在る
あふれる哀の突起に濡れ
木のような寡黙に
もつれている影
ああ
約束をくぐる
さまざまな
思い出の姿勢で
ひそひそと
わたしを犯しつづける
遙かな
みずの微振があるのに

空白の少年

がらんとした少年が誘った
白く泡立つ
夜の艀に立って
木のような旅はしないか
いたましい
波の眼でみつめていると
はるかな
行方を漕いでいった
淋しい傷みが
かすかに微笑《わら》った

寡黙に熟れるには
寡黙にあることだ

風のブイ
みしらぬ声のまにまに
遠い
夏の日のそれからが
ひりひりと
沁みいる
少年は還ってこなかった
想い出のかたすみで

じっとしておればよかったのに
ああ
明け方のないわたしの
やわらかな鼓膜に
いつまでも

美しい足音を履き忘れたまま

八月考（鮎川信夫にそして）

八月は
美貌の病人だ
こわれやすい言葉の信管を抱いた
死者の表情で溢れている
八月
わたしの哀する一冊の詩集
鮎川信夫詩集
八月の書きかけの淋しいひとりもの

美しい図形の分身　あなた
一九六六年八月　心情の荒地
二丁目から三丁目への
わたしのながい旅
　じっさい五四八日もかかっていた

木の宿に比喩するわたしのメランコリイ
わたしの道標
誰もその道から還ってこない
〈星のきまっている者はふりむかぬ＊〉
あなたが言った

八月の意味の方位よ
ああ　おまえは語れ
八月の甘美な孤独と倦怠のしじまから
八月に凭れて
わたしは考える地図だと

旅は

白いスーツケースに身軽につめられ
行方《あて》もなく彷徨《さまよ》う
身よりのない思想だが　いつだって
八月はいつだって迷路のような季節
はぐれた心で
言葉のない天使が墜ちてゆく

＊鮎川信夫

夏の意味の何処か

風　塗っている

吹いている　あなた
吹いてるね　わたし

白いポールに釣ってある
舌のない

ブランコに乗って

揺れてる
ね
悲鳴

ああ

もがいて
もがいて

夏は
ほとんど落書きしてあったのに

みつめる

ちいさな画廊にかけてある
夕暮れをみつめる

みつめる

みつめられると
夕暮れは　紅くなって沈んだ

みつめる

女をみつめるように
あなたを　みつめる

ふっくらとご飯の匂いした
あなた　をみつめる

みつめる
みつめられると

あなたは　紅くなって沈んだ
ああ　もうそんなにみつめないで
で

ぼくはあなたを愛した

独白

誰か
ぼくの暮らしに味の素をくれないか
いちにち
砕氷船は脳髄をはしる

（『哀が鮫のように』一九六七年北荘文庫刊）

詩集〈彼我考〉から

北の香り

うっすらとあなたは霜を病んでいた
絵葉書のなかの
淋しい宛名も

そっと
もの　想いに耽る

つれそって
露《あめ》にひかる彼岸花をみつめていた

つれそって
夢の野分に吹いてゆく

しろい
朝の花粉

きり
霧の譜

ああ

眼を長けて
運び去るものよ　旅する疲労

降るほどに
秋篠寺をまぶたにはずし

その他人《ひと》に
妻《ひと》を　湿らせ

この　かるい風の光量を
訪ねてゆく

うっすらとあなたは霜を病んでいた

連れそって
　はじめて

北を知った

彼我考

うつむいて
あなたも一人
沈沈《しんしん》と
紫陽花の匂いへこもる
　つれそって
恨みの高さまで
みちてくる
　枯野は淋しいか

草いきれの
おもいがつづく
手折った
こころへの　花残り
露《あめ》の穂先でみた
　夢の夢
ああ
果てしなさとはひとつの深さ
　連れそって
彼我もまた
いつしか
ひとひらひとひら
こぼれる
　　崖だ

鳥夢、あるいは、うっすらと霜を病んで

美しい手　お湯のある秋

乳房を洗う　おまえの
背戸を
そっと　開いて
百舌が哭いた

からたちの花
風の生垣
涼しい　水の手枕に
　みず　一片《ひとひら》

沁みいるように淋しい
無言《しじま》を　渡る

無言とはひとつのせせらぎ
一瞬《いっとき》の　この
ゆく　秋を沈め
　さらに

あき　染め

したたる血の
いろ　の　深淵《ふかさ》に
躰《み》を
　まかせる　と

ふるい記憶の
棘が
ぽきぽきと折れ

ああ人よ　晒されて在るがまま

耽てゆく　わたしの
ふかい沈黙に
　そっと
爪をたてる　女が
　いる

いま
沈沈と

旅にでたい

感傷旅考

そんな風景はどこですか
名も知らぬ駅があって
ふるい蒸気機関車がころがっている
水引草や
山吹の花
姿勢《かたち》から去っていった翳ばかり
そんな風景はどこ
わたしの心のなかにも
古い旅籠《まち》があって
捨てられた家々や
名も知らぬ花の土塀が
炎炎と
悔恨の表情で咲き乱れている
ああ
景色のなかの見えない鬼よ
ときおりは北を打つ
あなたの返信《たより》に
都忘れの花が
ひっそりと野を分け
人よ　また
風の掌の鳴るほうに
旅がある
そんな風景はどこですか

奈落考

草の障子を
　ほのかに　開けて

その日
夫婦《ぼくら》は
　枯野を歩いた

花深い　記憶と
里《むら》の　眼差しと

きみの眼のなかに
　まだ
昨日の　夕暮れが　掛けてあった
　掌づくりの
少しばかり　しょっぱい
　淋しさと
洗いたての　まっ白な
　疲労と

ふっくらと
　ごはんの匂いもする
　風に揺れ

ときには　風に揺れないで
　一生は
たっぷりと想い出の色あいに　染めた
　あの
彼岸花に　ちょっと　似ていた

美しい勾配の秋だった

その日
形から去っていった
翳の深淵《ふかさ》に

石の憎悪を　高く投げ
さらに投げ

ああ　ひとすじ　に

はらはらと　はらはらと

足どりも軽い
ぼくの
奈落

孤島

海を
じっと　抱きしめていたい
想い出が
孤島《しま》のように
ふるえて
いる

さようなら　水緒

ぐっすりとさびしい秋
たどれば
おまえの乳房の
円い流離《かなしみ》　その
たわわ　に
むすんでは又ほどけてゆく
掌の匠
ひとふりの風の返信《たより》を薄くして翔つ
うみ鬼灯
その音をしずかに噛んで
離島に　いま　わたしは水夫《かこ》だった
ああ　めくるめく　波の往還
旅する　鷗女《かもめ》

水緒
ぐっすりと淋しい
秋だな

それじゃあ
戸締りに気をつけて

詩の元に御用心

風、こすもす考

花が欲しい　花が
あなたの恨みから　恨みへ
ときめいて　淋しく
捨てられた家々や
名も知らぬ花の土塀が

炎炎と
悔恨の表情で
咲き　乱れている

花が欲しい　花が
み知らぬ野の人のほう
すこしく風に熟れ
地をさがす露《あめ》のしぐさ
さしのべた手のひらを無言《しじま》がわたる
無言とはひとつの彼方
一瞬の　この
なやましい　秋のまぶたを
峠のようにこえて
　旅をと呼べば
旅は
たった一枚の毛布《シーツ》のように
わたしを包む

花が欲しい　花が

一夜を百夜にかえ
想いきり泣きぬれると
あなたは
散ってゆくための
いちばん
美しい姿勢《かたち》をしていた

ああ　押し花の女

凮には
こすもすがよく似あう

一重

萩は
ふいに身を切った
一重に　と
ひとえを重ね

それじゃ
お先にと手をついて
萩は
さらに　その一重を
そっと
　　渉った

ああ
めくるめく
余波《なごり》の譜
涼しい水の追分け
いまは　ただ
降りしきる一片の思弁のよう
深深と
　深深と
花野ざらしが発ってゆく
その此岸《あたり》を
薄く
染め
ひとえに

ひとえに
花冷えは肌で感じるものでございます*

*松永伍一『小さな修羅』より

（『彼我考』一九七八年紫陽社刊）

詩集〈月見草を染めて〉から

私信、ここで

風が少しでてきたな
ぼくは　いま　とても元気で寂しい
庭の椿の花に　まだ
うすく小雪がふるえていて
みつめるたびに
たくさんの白い眼がさらさらと零れている
さきほど投げたぼくの視線がひとひら
虹の橋を渡って行ったが
もう　そこから　誰も　還ってこない
つまり　それが　花の意志なんだ
光と陰がおりなす日本人の美意識は
花鳥風月であらわされるが　いまになって
　水の有情も忘れてほしくない
時代の香りを深く沈めて

閑かに人間を曳いてゆく
　旅という名の文化　そして
定住と漂流　その夢の徒然
風が少しでてきたな
ぼくは　いま　ぐっすりときみが寂しい
さしのべた手のひらに　手のひら重ね
こんなにも淡く溶けてゆく一瞬
水にある彼岸のように　ぼくの彼岸　きみ
　狐川
せせらぎ渡る　この　感情の地勢学
庭の椿の花に　まだ
うすくまぶたがふるえていて
誰かが
　ひっそりと生垣の向こう

アジアのかるい冬に流れている

越前ぶきよう箸

この里に
不思議な夢の落人たちがやってくる
たけなわの春の陽の
　冬芽のように
姿があるから美しいのか
美しいものに姿があるのか
毀れてゆくものの
儚さだけが
箸のようにきっちりと佇んでいる
掌の匠
　越前ぶきよう箸
ひと雨ごとの想いに誘われ
皿盛るなぐさみを
深くはずして
手を添え　さらに手　添え
水の音
息とめて洗う里路

せり　なずな　ごぎょう　はこべら　ほとけのざ　すず
　な　すずしろ
哀しみがこんなに美味しいとは
みつめる彼岸に　花沈め
眼差しうすく紅ひくと
あなたは
旅ふかい橋へ還っていった
　渡るのか　渡されるのか
狐川
湧いてくる
霧のような酩酊に躰をおどらせ
この里に
箸のような夫婦が
きっちりと　住んでいる

越前ぶきよう箸

道守荘、狐川まで

酒を澄ます
手のひらの
丸い淋しさを利く
水映し　水添い
添いきれなかった想いを
じっと　澄ます
住ます
ここは旅ふかい地平《とち》
手紙のうえに　いま
ぽつりと秋がのぼった
　芒ゆれ
狐川
あなたの恨みにひときわ
涼やかに酔い
ただ
夢いきれ染め　さらに
月　鎮め

ああ　遠いどこかで　何処かで　　　　　まあるい夫婦を利く
また　こんな夜
あなたの悲鳴も墜ちていった
深々と
水を張るのだ
伏目のように拡げる仕草で
それから　身をおこすと
女は
折りめただしく四方へ
枯れていった

越前《えちぜん》　道守荘《ちもりのしょう》　社郷《やしろのさと》
　狐川

うすい野のはずれまで出て
そっと
旅を澄ます

手のひらの

（『月見草を染めて』一九八五年無言社刊）

詩集〈白くさみしい一編の洋館《ホテル》〉から

波紋

心を落とすから
かるく　かるく走ってごらん
その揺れが
ぼくに伝わるまで
ずっとずっと視とどけてあげる
鶺鴒《せきれい》が一羽
この水面をわたっていった
渡守《わたしもり》のように
気色をうすくおさえ
岸辺のない憎悪を　青く染める
その堰をきった思いの丈　思いの艶《いろ》
孤独の大きさのぶんだけ　優しくなれる
沈黙の深さまでおりて　恋することができる
風の舫《もや》いをほどいて
明け方に烈しく啼いて
あなたからすこし離れて
それから
それからずっと離れて
もう
ここでいいと水は想った
ああ　狐川
風は旅する囁き
耳を澄ませばしんしんと
とほい心に還ってゆく
あのひとの水瀬《せせらぎ》
ふれれば髪をゆるしても
ぼくはあなたの場所ではなかった

旅、女ひと染めて

花のこもった女がいい

天のこもった花がいい
　染めるには　もう　とほいできごと
寂しさなら
藍のいろがいいだろう
着ごこちのいい木綿のような　女だったから
ふる里の　きおくの棘に　いまも
浴衣のように架けてある　女であったから
あふれれば
わたしの中に　洗いざらしの傷みばかり
おとこ糸　おんな糸
しずめれば
卍字のようにからんだ道行だった
ゆびさきにはらはらと川霞こぼれ
昏がりに　らんぷ流れ
おくれ毛が　ひっそりと花をうつしていた
水旅籠　在る
夜どおしわたしは雨音ばかり
聴いているのであった
びっしょりと

旅する夢であった
まあるい乳房に風をしつらえては
そのひ　水の峠をあなたが
ひくく渡った
染めるには　もう　とほいできごと
寂しさなら
藍のいろがいいだろう
ききょう　という花ことばひとつ
連れそって
やがてわたしも　人に
秋　る
ああ　旅せんか都忘れの咲く頃を*
越前《えちぜん》　道守荘《ちもりのしょう》　社郷《やしろのさと》
狐川
やわらかな
おとこの背中にそのかされて　は
おいで　おいで　と
暮れてゆく

風も　また　旅する囁き

そう
暮色を染めたのは
あなたの
手の上品でした

＊前沢落葉女

冬の宛名

何処かで
ひよどりが啼いていた
わたしは
いちばん遠い処にたたずんでいた
絵葉書の中のさみしい宛名も

そっと　ものおもいに耽る

そこは旅ふかい庭
うすい紙の戸をひらくと

すずしい
距離《へだたり》

さざんかの花かたびらに　ひっそりと
白い無言《しじま》がつもっていた

水の音《ね》
さらに　水住まし

いまは　ただ
草ぼうぼうの夢を書く　と

狐川

生け垣をめぐる
風の花粉におくられて
　で

あなたと別離《わかれ》た

何処かで
ひよどりが　チチッ　と啼いた

手のひらの
円い冬を聴く

水の季

青葉の季になった
ぼくは微笑みを浮かべた
軀のそこかしこで漣がたった

旅というすい名称で
水のように曳いた
風の汀から

貌のない花びらがひらりと墜ちる
自身からの小さな崖が
一瞬しろい

そんな行方の枝折りを
高くむすんだ
紙の戸をひらけば

夢に感染する
この微塵
その寂《しずか》

貴女のうなじ　そのそよぎ
しばらく会わないうちに

男の似あう女になって
美しい経文をわたる
この水面から
「いろ」という淋しい大和言葉ひとつ

鎮めては
ここより深い
どんな藍に住んでいたのだろうか

生れ生れ生れ生れて生の始に暗く
死に死に死に死んで死の終に
冥し*

ああ空海がながれてゆく

越前《えちぜん》　道守荘《ちもりのしょう》
社郷《やしろのさと》
狐川

染めるもの染めざるもの
かわす精霊その類い　を抱きしめれば
また虚空《うつろ》

身の
ひとつだに
沈沈と

ぼくは聴いているのであった

魂の聲
その
白日を

*空海『秘蔵宝鑰』より

菊の粥

水を添えて
もうひとつ手を添えて
夫婦のように
さしだせばいい
それが器のかたちになじむまで
ととのうまで
風を添えて
一対の香湯が喉わたる　柔らかな
紅葉《あき》のころ
手渡された雁書のように
旅は　たった一枚の敷布《シーツ》のように
おまえを染める
人生《ひとのよ》の湿り　その名残り　その女姿《ひとがた》
に　溺れては
白磁を欠けて　読みつくすもの
手のむこう
男女《ふうふ》のむこう

越前《えちぜん》　道守荘《ちもりのしょう》　社郷《やしろのさと》
狐川
水めぐる女が売る
香湯　いりませんか
菊の花など
ひと片　ふた片　沈めては
ずずっと　一息
口にしてみませんか
ふる里ごと呑みほす　うすい路地灯り
たいへん
美味しゅうございますよ　という
声など添えて

雲、夏水仙

疑問型をはずして
暮してゆこう

雲の種まく夏も
もう終ったろうか

村のここかしこで
視えない季節の食卓がととのえられて

かさこそとそのかそけき聲の
草々の　さらにその草々の語り草

美味しいだろうか　けさは
ことしはもう咲かないと思っていたのに

女《つま》のこえが
とおく夏の裏側から聴こえてくる

抱きしめましたか風を
抱きしめましたか水を　いつでも

こころは逃げてゆくものです

かたちがないから

ここに居てここに居ないひとよ
すっきりと夏水仙

おどろきが日常に色添えて
通り雨

青いうなじの長男の背丈に
野原のカビがひろがり

人生の散歩からチョット帰ってきては
蜉蝣　すーっと

うすい影法師をぬぎながら
そこはかとなく　立っている

普通の空気をもっていたいな
君は

水にも生命にも添う
うつくしい姿勢《かたち》がみえるひ

雨の香り
虹の橋渡し

わたしの
詩然

その音連れて
いっしょに

雲の詩型の夏は　ふいに
終っていた

越前《えちぜん》　道守荘《ちもりのしょう》　社郷《やしろのさと》　狐川　私の景色
私の古里

よそものだから
いま　とても　美しい

紅葉記　その女に

水をゆるせば
愁がないはずがない　そう想っていた
髪によせ
流れるとはそういうことだから
うすい苔わたる風をととのえて
山茶花の白いはなびらが
ひとひら　ふたひら　墜ちている
三玄院　石田三成の墓処
閉じられた光の疎水を湿らせて
利休の肌あいがさむい大仙院
石庭の禅のほとりから
玄玄の関所ふかく
夢映してぼくたちは

黙って歩いていた
軽い風の明暗を聴きわけ
名残りの紅葉にかがやいて——
不意と
生死が一瞬 登もとにくれる
その一葉 その息づかい
「人生もまた
二元論でなりたっているのかしら」と
あの日あなたが遺した言の葉が
光と闇 出逅《であい》と訣別《わかれ》 歓喜と失意 此岸と彼岸
正義と邪悪
茫々と視えるもの 視えないもの
天上界と地上界 その間《はざま》 その結界
「二元論」
ひたひたと聖賢の訓《おしえ》が流れでる
詩仙堂 凹凸窠から 曼殊院
石畳をすべる
ここちよい跫音を掃きすてて
僧都を鎮めるこの夢あさく

ほんとうは水を訪ねて還らない旅とは
妖化《あやか》しの季節のなかで生きる行為だと
だれがいったのだろうか
すでに
この人葉にたとえて
ゆく秋もまた
こともなし

迷宮に肩をならべ
ひっそりと流れている
うれいとは心の秋と書くのです

花の譜、そして旅

帰郷 という一語を汲みだすと
にわかに陽は軽かった
希望はそして夏
花の譜をあさく流す それが私の姿勢だと

ききょう　という言葉には
何処かへ還ってゆけそうな優しさが匂う
その響きを　私は好きだ
桔梗　そのなつかしい香り花
とほい果てしなさがやどる迎え花
路地灯りうすく
ほととぎすの花の小紋　その湿り　その小紫
還らずの花といえば　それもまた
不如帰
どんな旅にだってある紫がたみ
大きな国でみた　見知らぬ街の
長雨　眺めて
果てしなく続いていたポプラ並木
路地うらの鈴懸のそよぎ
国境を渡る馬車が　人を曳いてゆく
その女の風　風の絵はがき
ああ　たずねれば
中国　東北部
幻影のふるさと　見えない地図人

満州国　間島省　延吉街　延吉
一九四〇年九月八日
わたしの誕生　わたしの不在
戸籍のない街　戸籍のない言葉の街
わたしの幼年期が旅立った街
幻燈の地勢学よ
潮風にくるまれ　波立てて眠る
すずしい喩法の植民
美しい日本海へ　白い　白い
あれからの　舞鶴　へ　降る　降る
その荷の上のみえない私性《わたしたち》　引揚者《わたしたち》
ああ　人よ
どの時代から引き揚げて来て
どの時代へ還ってゆけというのだろうか
一九四六年七月二日　平桟橋　上陸
いまも　まだ
名づければ赤錆びた記憶の船燈《ランタン》に
そっとゆれる興安丸
涼しい感情の残留孤児よ　おまえは寒いか

五十歳になっても
運ぶもの　運ばれるもの
立ちつくす夢の訪《おとな》いさしだせば
人間の心のなかの　思い思いの宿根草
はかる風　はかる水脈　遙かな異邦
ああ
沈めるもの鎮めたまま　水のよう
古里
あえかに始まって　あえかに還る
その一語を　いま　私はそっと
帰郷する
希望は夏
花の譜をあさく流す
それが私の姿勢だと
越前《えちぜん》　道守荘《ちもりのしょう》　社郷《やしろのさと》
狐川

水は体温

よそものだから
いま　とても　あたたかい

お茶の作法（Once upon a time）

Once upon a time
わたしの薔薇に　手向けては　また
雨が
虹んでいる

アフリカの遊牧民　ワーターベ
　の部族では
人の出あいや
人の別れには

作法として

お茶をたてるそうだ
命のように濃く
恋のように甘く　そして
友情のように淡々と

文明の光と闇の向こうにも
そんな
人間の礼儀がある

Once upon a time

そんな名前の喫茶店で
僕たちは　別れた

うすいジャズがのぼる
背中あわせの
闇を抱きしめて

右と左に離れていった
眼の中の
淋しい他人よ

もう　何も
言うことはなかったね

視つめあうことで交す
心の　路地から路地へ

あの日
熱いソウルが曳いた
名残りの糸に

まだ
昨日の夢が吊されている

Once upon a time

L・ヒューズが言ったっけ
魂の河　それとも　暗い河
私の皮膚は
密林のようになお暗い　と
血の色の深さまで　降りて
わたしは　いま

流れる岸辺
四十五歳

淋しくて
ジャズにも酔えず
人生にも酔えない
政治的信条もなく
精神の定職もない

ましてや
愛という名の哲学すらも
軽い絹のように恐怖する

Once upon a time
一九八四年のちいさな乾期から
一九八六年のみえない雨期まで

指おれば
夜をとおして走った
感情のサバンナ

あのとき
君と僕のあいだに　どのような
文明の光と闇があったのだろう
知によって構成された
世界の見取図

情によって破壊された
わたしのアフリカ

淋しさの高さほどにある
歓喜の深さから

不意に
涼しい君と僕との旅のつれづれ

アヴィシニアのほとり
犀のような恋をしました

草いきれに
遠くでまた　夜の
太鼓が哭いている

Once upon a time

わたしの薔薇に　手向けては　また
想い出が
　　虹んでゆく

ブルースをほどけば紅い糸
一杯のお茶の香りと

ひとりの女の行方を　いま
礼儀ただしく
アフリカのように想っている

宙の声、宙の風　「地球の日」によせて

知ってるかい
人間の　こころのなかには

みえない宇宙があって　それが
みえる宇宙とはなしあっているのさ

自然《ふつう》のくらし
自然のくらし　と

地の精霊や　水の精霊
生きたものたちの精霊が去っていって

いつのまにか空洞《がらん》とした
惑星マンション「地球」淋しいよな

聲は　にんげんのもっている
いちばんちいさな風だが

あの日から
茫々と吹いているのさ

ほら　誰だっけ
「風は言葉では語れないことをめぐる体験である」*と
　いったのは

みどりの雨の感情や　雲の神秘
虹色の手紙《メッセージ》や　あおい色みずの希望

かえせますか
かえせるのですか

悲しいよな「地球の日」なんて
さいごをつければ

「地球最後の日」
　なんちゃって

結婚式のまえ　独身「最後の日」の
みょうに淋しい　いちにち

うん
あれ以来だね

＊ライアル・ワトソン『風の博物誌』より

私箋、流離亭で　レモン感情考

旅はいらんかね
旅は

ふるさと売りの声が
とおい
秋のはずれで凍えている

ぼくは皮の手袋をして
きみの詩集を読んでいる
きみに対する　ぼくの礼儀
　この恋に指紋をつけないで
手にも
人格があるのです

贈り物としての
すっぱい感情の盛籠に
突然の思いをのせ
詩集の名前は「レモン」
だなんて
あまりにでき過ぎじゃないか
と　思っても見るが
その　種のひとつぶひとつぶ
口にして

ぼくたち　あれから
なにを植えつづけていたのだろう
芽吹くもの　しわぶくもの
贈り物としての
突然のきみの詩集と皮手袋　そして十年
を　まえに
言葉の水を吐きながら
風景の声を埋めながら
ぼくらが立ち尽くしていた

あれから
荒野　広野　曠野
後悔と悔恨と開墾と　またしても
旅のへたなランボーをきどりながら
ぼくらが詩を尽くしていた
あれから
詩の温みや　詩の肌の　その色とつや

おお人よ　眼を閉じれば私が詩然

そう
感情のシャワーを浴びながら
美しい乳房を抱きしめた　その
手の姿勢《かたち》の　恋のままの
きみの髪の向こうに　やわらかな
　世界の雲が流れて
季節をわたる樫の木の声や
緑の吐息

そんな移り香に　眼を洗い
彼方を染めて
ぼくたちが見つめあっていたものよ
精神の荒野を吹いていった女《ひと》よ
「風は言葉では語れないことをめぐる体験である」[*1]
と　言ったのは
どんな「誕生の哲学」からであったのだろうか

六〇年代の暗闇から七〇年代の黎明へ
ふたつの日常からひとつの日常へ
と　やわらかな制度と階級を脱いで
東と西のはざまへ別れていった
ぼくたちの風の日常　ぼくたちの季節

そう
あれもまた　まぼろしの希望《のぞみ》「幻の女」[*2]と
季節はいつも秋であった
感覚的により感情的に探偵する迷宮へ
ふれれば

詩を理したままのそれからは
なにも生まれてこなくて

一人の青年の「善悪の彼岸」の思想は「権力への意志」
　とみるもの[*3]　そして
もう一人は
「絶対的な自由」を夢みた十九世紀　パリ・コミューン
ニーチェ　そして　ランボー

黄昏を抱きしめれば　おお　それもまたひとつの収穫
あの日　草の流れをたずねても
きみが口ごもった彼岸
ぼくが口ごもった此岸

微笑みが溶かした世界の気色の波立てて
しかし　詩をして時代を語らしめよ　とは
に　しても
この寒い意志の騒乱をどのように乗りだそうか
時代のまほろばよ

そこから出てそこに還る　淋しい思想よ

暗い酒場のカウンターに凭れては
一杯のグラスの冬をなめ
「旅はみえない言葉の貿易」だとつぶやきながら
この夢の覚醒に涙する　それが
唯一の　ぼくの「抒情術」だった　と
　百舌《もず》　天《たか》く翔べ　たった一枚の　舌の真実に

おお　それにしても　めぐる私の詩然とは

昏れてゆく時代の雨の軽さよ
思わせぶりな救命具の時代よ
「世界の穫りいれがすむと　秋はなんとガランとした
人間の顔に見えてくることだろうか[*4]」
と　つぶやいたあの詩人も
もう　いない
ふつうの体温をもっていたいな

青春　朱夏　白秋　玄冬と
まなざし上げれば
四季わたる雲がながれ　ぼくがながれ　きみがながれ
北の国では　もう　戻り雪も　名残り雪も
すこし凍えていて
きみの唇に添えた　風の花
うすくふるえ　ふるえては

針のような　ほそい夕陽が身に沁みて
金色の関係がおわりを告げた
　もう　そのままうごかないで
行く宛のないぼくたちの恋唄が　色あせた
ポスターのように貼られている
めぐる季節の　風吹かし
詩り尽くしたまま　あるいは　詩り尽くさないで
眼を閉じれば

おお人よ　いまも　つるべ落しの私が詩然

うすく暮れゆく
年月の駅舎《ホーム》に立ちつくしたまま　あるいは　立ちつく
　さないで
みつめる一個のレモン
手のひらの自分史
茫茫と燦燦と
この感情の時雨をしぐれてゆく

さようなら
花月

白くさみしい一編の洋館《ホテル》よ
そこを出てそこに還る　身よりのない思想よ
言葉よ
みあげれば　この世の　空果《そらは》て
仮寝の宿の
　夢の骸よ

「星のきまっている者はふりむかぬ[*5]」とつぶやいた

うしろ姿の　あの詩人《ひと》　の
おお　風は　旅するささやき
人生は歩く影法師[*6]

生ひとひらの一瞬　死ひとひらの永遠に　吹かれて
は
すでに　文明の光と闇のむこう
吉凶のはざまは　お希望《のぞみ》しだい

いまだ
ふるさとは　文もみず
待ち人　来たらずの
旅

「どくろの目に涙がたまる」[*7]

木守柿　その瞬間瞬間《ときどき》の　恋の果て

だせなかった

あの人への手紙が　まだ
抽きだしの片隅《くらやみ》で
ひっそり
冬眠している

＊1　ライアル・ワトソン『風の博物誌』より
＊2　ウィリアム・アイリッシュ「幻の女」より
＊3　加藤周一「夕陽妄語」より
＊4、5　『鮎川信夫詩集』より
＊6　シェイクスピア『マクベス』より
＊7　『鮎川信夫詩集』より

（『白くさみしい一編の洋館《ホテル》』一九九二年紫陽社刊）

座禅草

北向きの枕にした
ひさしぶりぐっすり眠った

心がそんな準備をひっそり
している時がある

みあげれば
月の水位を秋蜻蛉《あかね》が一匹ただよっていた

こんな深夜
座禅草の花も咲いていて
魂の水分の匂いがしている

月の芒

月の光が心に届くときがある
水を打ったようなそこでは
見知らぬひとがひっそり座っていて
ほそい影を枕にうしろ姿だけで満ちている
想いがそのように月に溢れる日
わたしの傍らをそっと抜け
通り過ぎて行くものがあった
野面を渡る風や霧を超えてきたものだったろうか
光に触れえなかったものたちのようでもあった
影が欲しい　急いで発たないと
虫や花や鳥　けものたち
の　そんな私語に耳かたむける秋は
芒の穂のひと群れのむこう
白く波立つ月の光が心配で表まで出ていった
そのあたりで汐の艀の匂いもする
まだ居残っているのか夢の水夫《かこ》
月が欠けはじめたようだ

そこにいつまでも待っている
誰が届けるのだろう
月の瀬を渡っているようだ
水が騒ぎはじめた
いま
月の光に触った

羊

お墓に入るように蒲団に入った
朝まで　死者の真似をして眠った
隣りでは墓守がスースーと静かな寝息をたてている
誰かが枕辺にきてそっと花を置いて還った
曼珠沙華だったか　野菊だったか
夜の河もゆっくり流れていた
雁が啼いて北へ渡った
星も流れていた
一匹二匹
死者も羊を数えていた

石の声

石には云うな
罪のことは決して云うな
石になったのだから
風が渡った
鳥も羽根を休めた
花粉もつかのま立ちどまった
雨もたずねてきた
荒涼と渡る野の原の中に
飛礫となる声や耳があった
きのう心の肌がすこし冷えている
みあげれば
旅立つものの群れがかすかにざわめいている
空地《そらち》のはざまをたえず往還して
円くなってゆくものたちであった

つかのま草色の体温がした
ほんのり
石を飲みこんだまま
野の水分になっていく
ものたちであった

蜻蛉

夕陽がしのびよって
ぼくの影をつれ去ったらしい
だから　こんなに軽い
ぼくはいま宙の羽根でひっそりと翔んでいる
とうとう　こんな身になってと自嘲すると
だれかがそっと頬をよせ抱きしめてくれた
秋桜の花の体温がした
夕陽のなかではたくさんの径がみえた
ぼくは生命の花粉だから
どんなに遠くへでもかるがると翔んでゆける

懐かしい人がたをした智恵やこころが
雲のように通り抜けてゆく
雨や霧やむろん鳥たちも通り抜けていった
ああ生きていた時にこんなに感じる旅があったかしら
それらいっさいを透きとおる悦び
ぼくはそれを掌《たなごころ》に乗せていまを翔んでいる
地上ではまだなにかがぼくの影を追いかけている
捕虫網をもったぼくの幼年期のようだ
まっ赤になって疾っている
だれかに手渡すためにぼくはたくさんの
美しい景色になった
天上でもない地上でもない峡《はざま》で
せせらぎが聴こえてくる

吊橋

あきが遠くへおとしていったらしい
なまえも知らない

渡りきってふりむくと
生き際と死に際とかが　その
吊橋のなかほどで　まだひっそり　揺れていた
ぼくは　そっと　抜けだすと　ひとり
その吊橋を渡った
もみじ葉が一片ひらりと　空のむこうへおちていった
やがてこの世の峠から　おーいと呼ぶ声がした
みあげれば風　空地のせせらぎ
雲の深度を　秋蜻蛉が一匹　ただよっていた
きみの肩に凍えてか　ぼくの肩にとまって　か
そのとき急ぎ足で　上方にすれちがっていったものが
　いる
地上《ここ》よりすこし高い場所だった
崖のほとりで心泣草をつんで
その吊橋へもどった
なまえも知らない
まだ　すこし温かかった

山雨

染まってゆく山雨に
ふかい羞恥が頬を染めて入浴していた
鳥や山の彩りをそっと水面に浮かべてみせると
つかのま風と一緒に
紅く陽を重ねたものの気配がした
きみへの想いを深めてゆくものの
後姿であったと思う
秋が染めたのではない
きみが秋を染めたのだった
なにごともなくすまし顔で
山雨が通りすぎていった
遠来の客をそんなふうに見送ると
わたしはその濡れているものを
そっとふいてやるのであった

永遠だったかも知れない

春雷

白鷺という美しい地名におりたった
峡谷《たに》あいのこんな小さな駅にも
もう春が来ていた
座禅草の花の香りがしている
乗り替えの時刻まで風に吹かれて
一冊の詩集を読んだ
魂の水分があった
みあげれば
光の深度を春の陽炎が漂っている
手向けるにはこんな日がいい
やがて
地上の生をすこし脱いで
天上の死をそっと着がえるものがいた
生命《いのち》の花粉であっただろうか
すっかり身軽になって薄い羽根で翔んでいる　そこ
　此処に
もう
鳥の眼をした天《そら》の住人と談笑をしている　僕がいた
きょう　心の肌がすこし冷えている
色白の淋しさが　また
ほんのり霧のように湧いている　あのあたり
しばらくして
峡谷あいの小さな駅から　ひっそり
でて行くものがあった

どこかで春雷が鳴っていた

舟

詩集　そう
つぶやいて開いたページの
秋の空を　ひっそりと蜻蛉が漂っていた
行き暮れて
こんな処にも　蝶のような風が吹いていて
川面を　軽くほどけてゆく水鳥の声

どこかでゆっくりと空を読書しているものがいた
ぼくは人とも鳥ともつかぬそのものたちと
しばらくは　秋桜《こすもす》のはなしなどをして還った
やがて　空の桟橋では　遠ざかってゆく
魂の日々の小さな舟の帆を
白くみつめているものがいた
B5判の小さな紙の棺
ぼく一人の乗船
色白の淋しさがほんのりと
霧のように湧いている
あの深淵《あたり》
手向けるには　きょう心の肌がとても冷たい
だんだんと人生が遠くなるこんな日は
ぼくは溢れてくるものの岸辺《ほとり》で
そっと
この詩集を閉じるのだった

山茶花

ながい消息を書きつらねて
雲が渡っていった
風の配達人が
ほら
宙の家並みのむこうを曲がっていった
白い土の
生垣をめぐって
花の香りも澄んでいる
そこから
もう
誰も　還ってこない
　届くだろうか
絵葉書のなかの寂しい宛名も
そっと　もの想いにふける
雨をふくんだ笏谷の碧
石の肌
その切り出しの村

の　しずかな午さがり
ああ
みあげれば
空地の峡《はざま》
はるばる　と
流れている
越前《えちぜん》　道守荘《ちもりのしょう》　社郷《やしろのさと》　狐川
ふるい軒端の
庭の片隅で
山茶花のはなびらが
音もなく
はらりと墜ちた
届いたようだ

花冷え

泪がでていった　あと

いつもの　岸辺にもどった
右岸とか左岸とかあったが彼岸がいいと「刻《とき》」は思った
それから
宙の右側をみずから染めて何着もの花を着がえた
こころ空しうして渡る夕陽の左側に　いまも
雲の椅子がかけてある
かすかな桜の花の体温がした
その下にも
ちらほら水の音がしていて
ああ　あのひとが立ち去った「刻」と思った
その席に　いま　だあれも居ない
ただ　鳥の姿勢をした不思議なものが
ときおり　ふっと　眉ひそめては
流れてゆく空地の峡をみつめていた
吹かれてか　風のせせらぎ
白い雲の止まり木がある　あの深淵《ほとり》では
もう　はる
きょう心の肌がすこし冷えているから
花見には

こんな雨の湿りをと許して
花びら酒　浮かべ　さらに　花鎮めて
栞のように泪を　はさんで飲る
泪は　寂しさの栞です

はる　の　さびしおりが　降っている

海月

みあげれば
宙の彼方にも汐の匂いが満ちていた
恋をしていたから雲に化身した
季節の波間では　だから
鰯雲や　鯖雲や　鯨雲に　なって　泳いでやった
あなたへそれが届いたかしら
雲の藻中
泪には
小さな海の干満があって　きょう
だから　この思いが塩辛い
心を許したわけじゃない　が
身体の中を水が通り抜けてゆく　冷たい
みひらいた眼や　鼻　口から　も　ときおり
小魚が出入りしているようだ
すっかり
心と身体が軽い
こんな日には
生命の花粉になって
ぼくは何処へでも
ゆらゆら　と
旅をしているようだった

水の歯

庭の中の春の死を摘みとり
天麩羅にして
ばりばりっしゃりしゃりっ食べてやる

ああ　揚げたての死の芽の香り
死にも音がある
音にも味覚があるのです
山椒の　桜葉の　蕗のとうの　雪の下の
ああ　あれは死の骨の音
生きていた時に左折していった生命の
かぎりない嘆きの声
そんなふうに咲いてゆく径すじに果てて
花首の夢など　さりげなくもぎながら
したたる季節の来し方を
うっすらと彷徨ってみせる
風の舌　水の歯にかまれた心がとても痛い日は
悲喜をせせらいでいつまでも白く香っている
あなたの歯型
口実さむく立たずんだままのこの庭の左右に
いま　ひっそりと右折していった女の
冬に叱られたまま

さあ深呼吸の準備をしよう

花影

死者の芽を育てている
夜半　深深と水をかけてやる
習慣なのです　誰も知らない
生まれた時から育てている親しさです
どんな花が咲くのか知りません
宙の岸辺にいっせいに花ひらくのです
ときおりの小声の話もありましたが
せっせと水をやるのです
いま　ぐっすりと眠っています
眠りは死者の健康法
礼儀です　掌にそこにあります
去年の春　育ちすぎた義父が
その花束を持ってひっそり旅立ちました
円い月の人生です
みあげれば　ちら　ほら
内緒です
散りぎわのきれいな花の影が

いま
水を手向けているのです

光の水分

光があてられて
雑木林の葉裏がときおり銀色に輝いた
それによって
風の通る途がきれいにわかった
虹が架かったからその下を歩いた
魂の水分がひっそりとあった
葉裏のこんな処にも隠れている神様がいて
時雨をやりすごしているようだった
僕はなんども　手招きされたが
知らぬ顔で　通りすぎた
それから　羽根の雨滴をかるくはらって
そっと　飛翔した
みあげれば空地の果て

銀色に輝いた風の水位を
地上の漣が　ひっそりと　渡ってゆく
ああ　麦の秋の詩人が　波の穂のようにきれい
光があてられ
山葵沢を抜けて　この雑木林を
いま　神様の手を引いて一緒に出ていく
僕がいた

白秋

「秋思亭」というさみしい名前の居酒屋があって
そこでは終日　人は泣きながら
夕陽のように酒を飲んでいる

山から降りてきたという女がひとり　ぽつんと
洋燈《ランプ》のしたで　鴨のように首をたてながら　酒を飲んで
いる

くぬぎ　いちょう　けやき　かえで　だけかんば
まっかに泣きはらした眼の底までびっしょりと
紅葉《あき》が来ています

降りゆくものは我身なりけりでしょうか
時雨ごこちの燗をつけると　それじゃあ　と
女は　深い霧の咽もとへ

ひっそり還っていった

歯並びのわるい人情のような
さみしい風が吹いていています
哀れ蚊や原の衣ぎぬだれも来ぬ
がらんとした洋燈《ランプ》の

にほんの白秋です

眉月

白い月のえまい淋しく*

そうつぶやいて
あなたが哭いた
あなたの泪をわたしが哭いた
芒ゆれ　月渡り　狐川
したたる瀬音に　ふかくはだけては
手にすくう月の水
手にすくう雲の水
両の手をあわせてうすい水の皮膜をはねる
かすかなさざ波の「刻」がつっと立ちあがる
手に妊む月の彼岸
手に妊む雲の此岸
座ればそれだけでもういい遙かな「刻」のしぐさまで

千の罪　ほどけて
風にふれる見えないものをそっと眼で脱いでみせる
何処かで　水の匂いがみちてくる
ああ　いざよい　見ず駅
とおい夢のほとりから戻ってくると
その女のしろいうなじにほつれて浅く
きつね尾花のひとえだが
ひっそりと
他人の罪の淋しさに光っていた

水葉書　美しいですか

ひたひたと眉の月　流れる
拝啓　眠る岸辺よ
こん夜　淋しさは夫婦のときめきです

二泊します

＊鮎川信夫『宿恋行』より

白雨

いい匂いのするきれいな夢中

わたしにはわたしの気持ちの小径があって
あなたにはあなたの気持ちの小径があって

そらとつちとみず　繫いで涯のはるには
一本の桜の樹がしずかに　そこにあって

その下をぼくたちはだまってあるいた　花摘人

棘のある人生のところどころをうすく染めて
みずからをひらりと降らせている

みつめれば

花のしずくのそのひとひらがあなたの肩にかかって
で

はずかしいとおもわずほそくつつしんで
で
あれはなんの気配だったの

あなたとわたしが桜を愛でるその罪に刺されたのは
「時」のなかになにかをひそかに実らせたから

いい匂いのするきれいな影がゆれている

栞のように日付をそこで手折ってみせる
ひとつの時、はるかな時、のはざまにはさんで

ひたむきに眼をあげるあなたの　しろい項　白雨のおもい
風のまぶたをとじれば

そう　いい匂いのするきれいな忘却

ほんとうのことをいおう

はじめからぼくたちは別れていたの
あなたとふたりでとおった
「時」の木陰の下

かすかな夢のさざめきのふたひらの波

あのとき、闇のなかからみえない手が不意にのびてきて
そっと　わたしを抱きしめてくれたの

ああ

そのあまい手の湿り　手の恋　罪の水分
しらないだろう
あの波の右の涯《はた》てに　あの波の左の涯てに
「時」として発ってゆくもの

そう　いい匂いのするきれいな無残

とほうにくれたままそのまま　そこから
径しるべのない永遠の奈落があまく発狂している
ああ　吹かれてよ　はらからに温めあえる罪がほしい

死もまた冷え冷えとこの花垣をわたるきれいな他人
ときめいて

母への余波《なごり》に憩う水のゆらめき　ひとり
さくらばな　ふたひら　映して　還る

そう　きのう心の肌がすこしはぐれている

わび人の涙に似たる桜かな風身にしめばまづこぼれつつ*

わたしにはわたしのあなたにはあなたの
気持ちの小径があって

そう
みあげれば軽い眼の水位をあきらめて
ひっそりと雲の深度をながれているのでした

さくら　みず　涯のはる

がらんとした
いい匂いの降るにほんの風景です

＊西行『山家集』から

（『蜻蛉座』一九九八年土曜美術社出版販売刊）

こおろぎ

深夜
蟋蟀が　一匹　つめたい蒲団に　はいってきた
朝まで　一緒に　泣いた
もう　紅葉《あき》が　きていた
ぼうぼうと　露草が　ひろがっている
断崖のような　ところ
きのうまで
空が　青青と　生きていた場所だった

時刻表

白鷺という美しい名の駅におりると　みしらぬ秋が　もう　そこまできていた
時雨ては　微笑んで　北に流れていった
約束の時間より少し早かった　が　わたしの耳もとでもう　鳥の準備はすみましたか　順番ですから　とそっと　囁くものがいた
やがてそのものは　うすい宙の羽根を拡げると　ひっそりと　この地上を翔び去っていった
みあげれば　懐かしいふるさとの　空地を映す　ちいさな　峡谷《たにあい》の村々
眼差しうすい陽が沁みて　おまえの　国境をはしる　糸のような雲の峰と峰　の
ほそい針のような淋しさを　夕陽に通して　眼で縫ってやる　と

まだ　未練げに　彼岸に流れていったものがある　この
世の縁《えにし》と　眼の調べ
生者の駅　死者の駅　すずしい星のふる　宙駅のそこ
で　別れた
わたしには　もう　守るべき約束は　なにもなかったか
ら
その日から　終日　小春日和の待合室で
人生の始発　人生の終着　の　雨の時刻表を　めくって
いる

帰途

空を登録したので　もう　安心して　還ってゆける
煙のように
空への路すがら　都忘れの花のことや桔梗の花のような
ことなど
こんなにもかるい心に　そっと　はさんでやった
ひさしぶり　すずしい風の　節目をめくる
彼岸がみえて此岸がみえて　ゆったりと水を映して草を
はんでいる
　宙
人生がだんだんと薄くなるこんな日は　ひらいたページ
の
夏の桟橋から　遠ざかってゆく雲の艀をみつめているも
のがいた
渡っていったのだろうか　夢の水夫《かこ》　に
もう　秋
煙の心配でみあげる　空地　を　ひとすじ
背中の雨滴を　すこしはらって　光の羽根を　ととのえ
ると
そのとき　わたしから　ひっそりと　離れてゆくものが
あった
扉をあければ雲がながれている
空の玄関

皆なにかにせかされて　帰途をいそいでいた

風聞草

萩の花の　なじんだ距離まで　まだ　届けていなかった
洗いざらしの木綿のように　声は親しく　空に繋がれて
あった
手や脚やそれに唇や眼　心体を頭からさっぱり　通して
やると　しばらくは静かになった
そのまま　声を殺して　しわくちゃになるまで　何度も
何度も　抱きしめてやった
秋たつ空を　雲がながれてゆく　眼の片隅の風情を掃い
て　水のように　今を曳いてやる　すると　風の帆をあ
げて　そのとき　ひっそりこの世の桟橋を　離れてゆく
ものが　あった
しばらくは　シャツのように　岸辺の水夫《かこ》を洗いながら
襟をただして　この白い関係を　そっと　着たり脱いだ
り　していようと想った
風が吹いてまた　折り目ただしく焦がれてゆく　身体と
いう　この世の声の寂しい場所まで
届けと　香っていよう

ぼくは今ようやく　魂の宛名を　書き終えた

木蓮

空には　心がないから　地上の生命《いのち》をはげしく　あつめ
ているんだ

空に

ほら　いま　白木蓮が　ひらひらと　ひらひらと　空の
梢で　散っている

生命は　みんな　借りものだからね

春の時雨の　軒のした　空の高みで　声がする　それを
ひろって　お返しに　と

春　浅く　出ていった人は　そのまま　もう　それっき

り
むかし
ぼくが死んだ　屋敷《いえ》の上空を　いまも　ひっそり　巡っ
ている

途中

わが家の階段は　十三階段ある
さいきん　気がついた
朝夕　それをかぞえる　ほそい風景《けしき》の廊下の　つきあた
り
暮らしの空へ　峠のように　そっと架けてある　わかれ
みち
名づければ
天上界《にかい》から地上界《いっかい》　地上界から天上界へと　それはたの
しい　冥府の旅の
上り下り
まいにちが　隊商《キャラバン》のよう　月の砂漠の往還を　そっと
きどってみせる
たまに　白い秋の雲なども流れていて　みあげれば　一
人ぼっち
青青と　ほどよい深さだ
階段のかたわら　途中　という　寂しい場所もあって
人間や　ひがんばな　はぎ　ききょう　こすもす　おみ
なえし　など
ひっそり　風に　休んでいる

まだまだ　だいじょうぶ　魂に　いってやった

住処

ひとつひとつ　訊ねては　ぼくは　空を　転居する
空のどこかで　きょうも　槌音が　響いている
あの　高みだろうか　つぎに　住む処は　と　ふっと

寄り添う
風通しのよい　場所だといいが　どこかで　百舌の声も
きこえてくる
陽当たりのいい　めぐる晩秋の　空の道駅　ちょうど奈
落の　少してまえ
きれいな風をふるまわれては　もう　彼岸花などを手に
　たまに
訪ねてくるひとの　人生などを　そっと　水辺の桟橋で
　洗ってやる
まっしろな　秋の貞淑を　ひっそり　はだけては
さっき　魂から孵化した　ばかりのような　円《まある》い漣がわ
いている
未練だね
一艘の小船を　漕ぎだしては　まだ　この世の果ての中《まん》
心《なか》にいる
秋蜻蛉《あかね》が　一匹　漂っている　青い空の便箋　に
ぼくはいま　ようやく　魂の転居届を　書いている

月見葬

夕暮れにうずくまって　ぼくは　貸し出したものを　す
っかり忘れてしまった　心のいちばんふかい水位に　た
たずんだまま　それを明け方まで　ひっそりと浮かべて
みせた
すると　なにかが　そっと　風の舫いを解いて　瀬せら
いで　いくようだった　始まりもなければ　終わりもな
い　そんな思いの　草の小舟の　櫓の音と一緒　夜つゆ
を　口にふくんだ　岸辺の　葉裏の翳から　手まねいて
は　じっと　月を　聴いている　人がいた
ああ　魂の水分の匂いがしている　あの畔　あおざめた
葦の穂の高みだろうか　いつかはきっと　探しだしてく
れるものを　と　息をこらして　咲いているのに　母が
ながれて行った　この世の遠いみちの縁《よすが》を　淋しい水の
道駅で訊いてみた　父だって　きっと　流れて行ったに
ちがいない　その秘密の　湿りと火照りの　はるかな満
ち干き
読書する人よ　すさぶる　きょうは　愛人のような雲も

ながれていて　やがて波立てては　みじか夜の　秋風を
ほそく　つつしんだ　空の桟橋から　彼岸へと渡ってゆ
くものの　光のしぐさがみえてきた
人もまた　きらきらと　身をひるがえしては　この月の
宿世を　発ってゆく　一冊の詩集
読書とはいつから散っていく精神をいうのだろうか
だんだんと　魂のページが薄くなる　こんな日は　心の
いちばんふかい水位に　たたずんだまま　ぼくはしきり
に　人生の返却日を　かんがえていた

夕陽の翅

うすい翳の峡谷《たにま》に　蜻蛉が　いっぴき　漂っている
やがて　彼岸にも　たっぷり
月が　のぼってくるのだろうか
まあるい空気のように
魂の懸崖《はずれ》に　たっていると　茫々と　風に吹かれて
きょうは　心も　一人の忘却
どこかで　また　だれかが　花首をあげ
おーいと　呼んでいるような
旅の荒涼です
咲きいそいだ罪　散りいそいだ罪　とどまる罪と罪の
花の罪状《わけ》
空を　認知すれば
さびしく香る　わたしの貞淑　わたしの無聊
生の匂いや　死の匂いの　花が　ひらひらと降っている
そこは　うすい煙の断崖
花畑の　上空であった
もう　声もなく　きれいな晩秋《あき》が　生きていた
いまさらと　手向けては
此岸《きしべ》のもみじ　ひと葉　もの云わぬ　その人の　水の永
遠に　映しては　そっと　雲の艀で流してやった
その　川辺りの　ほそい空の往還を　息せき　切って
はしっている
ただ　お燈明をあげるように　ぽおっ　ぽおっ　と
たかくひくく　となえては
もう　夕陽の翅で　とんでいた

わたしの無心
人も月も　まあるく　欠けながら　満ちてゆく　人生の
さっき
魂から　いそいで　孵化したばかりの
ものたちであった
まだ　すこし　やわらかかった
全裸の淋しさが　たわわに実る　とおい　晩秋の陽の
野のはずれ
しろつめ草など　摘みながら　それを　ひっそり
抱きしめていた
いま　向こう岸で　そっと　わたしの肩に泊まっている

人生の始まった場所

この世のくらやみに　手を引かれ　月は空に還って行っ
た
生者と死者の降る　宙駅のそこでは
もう　人生の改札を済ませたものたちが　ひっそりと
ホームに佇んでいた
はんぶん満ちて　はんぶん欠けて　月も人もみずからの
汐の干満を　円《まある》く耀かせていた
旅は帰れるから楽しい*　還れない旅だってある　そう呟
いて泣いた　草の詩人もいたが
こうして　空の眼になって翔んでいると　面影草の咲い
ている　峠の小道の　そこ　ここから
村はずれへ続く　白い土塀のむこうに　古い停車場がよ
くみえる　彼岸だったか　此岸だったか
詩集の中の　長い言葉のトンネルをくぐると　秋逝きだ
ったか　春逝きだったか
光と影の往還が　ゆっくりと　薄の原のむこうへ　のび
ていた
がらんとした　駅舎のベンチに懸けてある　いない人影
雨の時刻表
誰かの　忘れていった　シャツのような哀しみが　座っ
ていて
それを着たり　脱いだりしながら　いまも
かけ違えた　人生のボタンを　ひっそり　かぞえている

女《ひと》がいる

＊高見順「帰る旅」から

春の柩

さくらの花の樹の下にも風に揺れる青いちいさな空がみ
えた
鳥雲もひっそりと季節の空をながれていた
空の木陰では蜻蛉といっしょに手をつないでなにか
とてもやわらかでなつかしいものたちとぼくは通いあっ
た
春の宵ですからと手をふると気持ちよさそうにそのもの
たちは
いっしゅん話をやめふりむいたが恥ずかしげに手をはな
すとあわてて
春の上方へ飛び去っていった
やがて天上でも地上でもないふかい空の峡谷《たにま》からしきり
に
ぼくにむかって吹雪いているさくらの漣があった
風の舫いをほどいてしばらくは雲の艀に乗船する
すると一冊の詩集の水辺の花をそっと読んでいる女がい
た
考えてみれば一瞬は時の面影うすいうすい人生の栞のこ
とだが
空のページをと訊ねればさくらの花の樹の下
光の翅にささえられ
昼夜
懸命に飛んでいる行方不明のぼくがまだそこにいた

見知らぬ草

戻り雪が来て
一面を白く整えるこの季節には
庭の生け垣に
山茶花がこぼれていていて

ひときわ美しい
そのひとひらひとひら
身を捨ててゆく風情で
雪の面に
さらに花びらを赤く晒し
風に震えている
私は　ふと
モダニズムの詩人　村野四郎の
詩集『実在の岸辺』の中の短い作品
「花を持った人」を想いだしている

くらい鉄の塀が
何処までもつづいていたが
ひとところ狭い空隙《すきま》があいていた
そこから　誰か
出て行ったやつがあるらしい
そのあたりに
たくさんの花がこぼれている

この世の
話に
おもわぬ花が咲いて
ついつい長い時刻《とき》を過してしまった
微笑みかわしながら
和んでいったそんなつかのまの
空の縁側で
あたたかく溶けて行ったものたち
あの瞬間は
どんな花が咲いていたのだろう
私の中の見知らぬ地上では
水も流れていたろうに
心にかようものを
水の位置で失くして久しい
その感情の流域をたどりながら
いつしか
私の景色の中に雫れている
無数の花々を想っている
それ等を

「見知らぬ草」
と名づけ
戻り雪が来て
話に
おもわぬ花が咲いていて
何だかその
花を持った人がうしろ姿のまま
ひっそりと
かえってくるようだ
生け垣の向こうは
いま
私の国境

アジアの軽い冬が流れている

しろつめ草

おーい魂と　呼んでやった　はいっと　暗やみから　鬼
が顔をだした　言ってみるもんだ　いい顔だった
この世の　水辺《ほとり》に　永く　住んで居たらしい　角もみえ
た　いろよい返事だと　思った
はる　なつ　あき　ふゆ　と　めぐる季節の淋しさを
そっと　凪にはだけて
洋燈《ランプ》を点けて
で　そんなふうに　じっと　心の火屋に　向きあったこ
とが　あっただろうか
魂に
ああ　魂よ　だから　そんなふうに　襟をただして　看
取らないで　わたしを
わたしの身体を
微かな　風の揺らめきを　悲しまないで　そこに映した
胸の火の　漣の中心《まんなか》
あたり
いま　向こう岸から　泪ぐんで　ひっそり　手を振って
いる　わたしを　もう
茫々と　呼ばないで

奈落のはずれ　しろつめ草など　枕辺に　咲いている場
　所だった

草生

散り急いだ　空のすきまの向こう　虹の橋の下にも
蜻蛉が漂っていた
きょう　二度目の　さくらの花のようだった
ぼくはひくく水に黙礼した　そこは　見知らぬ　草生の
岸辺であったが
すっかり身支度をすませた　わけしり顔のたくさんの
魂の水分たちに　であった
流れるという　賑々しい　岸辺の漣を　光の翅で　そっ
と　抱きよせては　もう　こんなところにも　きらきら
と　小さな天への桟橋が　架けてあった
たまに　虹の艀にのって　渡ってゆく人の　魂が　透け
て　見えるときがある　だれも　通らない　秘密の花の
咲く　場所だったからと　風に言いわけしては

ぼくは　生の匂いや死の匂いのする　その花の永遠を
せっせと　摘み取って　手向けてやった
咲き急いだ罪　散り急いだ罪　漂う罪と罪の　瀬のなか
ほどには　もうさきほどから
鳥のような人が　ひっそり　佇んでいて　したたる新鮮
な　春の吹雪を
風の嘴で　啄んでいた

花の傷みがいく重にも　円《まある》く拡がっていく　胸の漣の
中心《まんなか》あたりだった
空で一生を過ごす人に　ぼくは　生前や死後の　それか
らを　少し聴いて還った

幽の廻廊

ひそか雨の
トンネルをくぐって

朝の野原に
菜の花畑が流れている
ああ　水彩のように
とてもきれいな
魂
きょうはこの天地をとじこめて
きっと誰も訪ねてこない
なんの物音もしない雨の廻廊
冷ややかに閉めきった
部屋の彩りを
黄色で尽くしてみせる
景色をうすく滑らせて
雨のカーテンの春の沖に泳いでいる
窓辺の渚に座って
ふるい物語の忘却を波のように聴いているひとがいる
柱の蔭には　柱の思惟
とおい日に　置き　忘れられたまま
かけてある　誰かの　ふるい
影帽子

いま　それを被って
ひっそりと
出ていったものがある
どこかで
春雷が鳴っている
わたしの耳に
光の跫音をはき忘れたまま
走り去っていったひと
時計が
午後の三時をうった
人生の安息日
天地のはざまの向こうから
春の蜻蛉も漂ってくる
ああ　手向けるにはこんな日がいい
わたしは　ふっと　空に
眼を投げる
窓の外の春の視線をおきだして
誰かが一緒に
ふっと

眼をあげた
きょう　雨の鮮度がとてもいい

鶲

庭の　さんざしの小枝で鶲が啼いている　わたしを呼ぶ
ように　遠く近く
白い小雪が舞っている　薄い木々の暗闇のむこう
わたしの顔を　そっとのぞきこむように　チチッチチッ
と　啼いている
その
ちいさな吐息の　小さな舌のうえにも
きょうの幸福と　あしたの不幸の粉雪が　ひっそり　人
生のように舞っていた
ああ　みえるものだって　しみじみ哀しい
生きるとか死ぬとかは　どうしてこんなに小さな声で凍
えているのだろうか

その日
さきの世の
冬の晴れ間を　枝から枝へとなごり惜しげに　群れをな
し　翔んでいった　光の魂があった

伝言

手渡されたのは
一冊の
詩集のような人生だった
頁のかるい谷間が曇っている
握られたものと　握りかえしたものと　の　吊橋《はし》の間を
ゆっくりと名残の刻も渡っていった
晩秋の光がすずしい眼をあげて
面映げにきらきらと空の水面を映していた
空の瀬のなかほどで　きょうは　水鳥がきれい
あなたは彼岸へ発って
わたしは此岸で送った

ただ
水を交わし水を汲んだ
それだけの
その永遠と一瞬の詩への礼儀
まあるい水輪《みなわ》の　小波の　中心《まんなか》あたりだった
そのまま渡りきった
むこう岸で
野菊を摘んで
苜蓿を摘んで
羽根の雨滴をすこしはらって
あなたは一度だけ　泣いた
手のひらの夕暮れに　もう　飛べない紅葉《あき》の陽の羽根の
香りが実っている
やがて
やわらかに　ことりと　水は切れ
朝がうごいた
生者の力だったのか　死者の力だったのか
ふいっ　と
地上の小枝をはなれるように

ふりむきもしない　で
去っていった
ああ　人生は一冊の紙の柩　たった一人の乗船　ふねの
名は木の舟号
言の葉の波のさやけを　そっと
碑銘に
つつしんでは
その日　どこか　遠い
空の畝間で
ひっそり
揺れている　花があった
　平成十六年五月四日　午前五時五十五分　永眠
魂の水分の匂いがしていた

たしかに受け取った

（『夕陽魂』二〇〇四年思潮社刊）

春の文庫

みあげれば　弥生　風　宙のせせらぎ　わたしの泪には
いまも
右岸と左岸が　あって　きれいに　騒いでいるんだ　濡
れているので
それとわかる　はるのひと文字　岸辺の干潟には　とき
どき
沖　忘れた　夢の小魚が　キラキラと跳ね　目の水位を
浅く訊ねて
雲に走る　その岸辺に　いま　花はいない　ただ　宙は
たえまなく
己を　うすく染めては　青を　降らせてみせる　色みず
クレヨンの
留守　不在を訪ねて　書きかけの風景を　この線に繋ぐ
悲しみの
深さには　ひがな　わけもなく　この宙の　しろい鱗が
キラキラ
光り　涌いてくる　絵本の中の　さざ波　人はときおり
それを
雲と　読むこともある　雲は　空の花びら　そら　波だ
ぬきてを　切って
このページを　眼で泳ぐ　さくらの花の　小枝をあつめ
さらに
ひと枝　ふた枝　手折っては　さあさあ　白湯を　ひと
くち
ほんの　ひとくち　どうぞ　と　咽喉　うるほしては
この　春の骨折に
耐えていようか　見知らぬ人が　挟んでくれた　世界の
行間には
きょうも　ひっそり　風が吹いていて　栞のように　そ
こに　住んでいる
泪は　淋しさの栞　さびしおり　この「乞い」に　痛い
春の香りを
そっと　そっと　接木して　くれるまで　ああ　かぎろ

い　渡る
人の世の宙の流れと　文庫《ふみくら》　の　この書誌を　吟味する

向こう岸

死者の目を　育てている　夜半に　おきだしては　そっ
と　水をかけてやる
習慣なのです　だれも知らない　内緒です　生まれたと
きから　育てている
親しさです　あのかたが　降っているように　その樹の
下にも　降っている
親しさです　手　鼻　目　口　と順番に　花びらにされ
て　とてもいい匂い
はらはらと　はらはらと　声もなくしずかに　散ってい
る　高いだろうか
寒いだろうか　痛いだろうか　痛いだろう　な　咲苦楽《さくら》
さくら
堕ちたところから　一面に　しろじろと　花びら墓地が
ひろがっていく
あのほとり　まだすこし　温かかったけれど　水を欲し
がったので
なんども　なんども　そっと　毛布のように　土をかけ
てやった
わたしの　いらぬ親切　久しぶり　ぐっすり眠っている
あのかたの　人生の安息日
眠りは死者の　いちばんの健康法　内緒です　だからも
う　そっと
眠らせてあげて　このまま　もう　起こさないで　あげ
てください
届くでしょうか　この想い　この逃げ水　やすらかな天
上の　寝顔を　一面　しろじろと
看取っては　深深と燦燦と　死者の芽が　いっせいに
宙の翅で　飛んでいるのです
ああ　こんな夜
向こう岸に　渡ったままの　あのかたの「老い」が　い
つまでも
いつまでも　ひっそり　泪ぐんでは　手を　振っている

ほらほら　枕辺に
卯の花月など　登ってくる　いい匂いの降る　場所です

空耳

おもいきれぬ　春の野の　あまい　絹の時雨に　うながされては
黄泉と常世の　ほそい通路を　右におれると　もうすっかり　人生もやんでいた
春告げ鳥のような　声だったろうか　風わたる時の　心地よい　峠から
きょうは命がみんな　空への階段を　のぼっている　面影草の　小道の
ほとりでは空を映して　彼岸を流れてゆく　虹雲の　姿もみえた
ははが　流れていった　小道だった
ちちが　流れていった　小道だった
ひかりとかげの
織りなす　青い空の便箋にも　きょうは　横書きの雲が　流れている
わたる風　前略と　淋しさをめくる　雨がきて　ページの水溜りに
そっと　白い素足を　映したひとは　花の台座を湿らせて　もう　とおい
あの日へ　ひらひらと　還って逝った　きょうは　心の羽根がとても冷たい
こうして　上空からみている　と　ほらほら　旧い屋敷のあのほとり
卯の花降しや　くさばの山吹　都忘れの　花の陰から
懐かしい　香りに
満ちた人たちの　談笑が　まだまだ　続いているようだった
もう　死んだかい
まあ　だだよ　と
やわらかい春の木戸を　さっきから　出たり入ったりしている

空地考

白鷺という美しい名前の　空駅に　降りると　もう　そ
こまで　春は　きていた　ここより　どんな遠い場所が
　あったのだろう
きみの頬にかかる　雨の体温を　ひっそりうけ　座禅草
のひとむれが　香る　誰かにそっと　恋していたい　さ
きほど
架かっていた虹も　もう野面に消えた　その架橋《はし》を渡っ
て　だあれも還ってこない　みあげれば　空地《そらち》の波立
て　鳥の支度は
すみましたか　順番ですから　そんな声が吹いている
きょうは　心の羽根が　とても　冷たい　約束のない
雲の人生を
生きてきた　せせらぎが　ひらひらと　打ち寄せてい
る　天上の水際に　色白の波の淋しさが　ほんのり　罪
のようにうすい
ぼくはきみに　紅さし　ひとくち飲んだ　それから　地
上の生を　すこし脱いで　天上の死をすこし着てみた
寒いから
風邪ひかないように　すこし厚着した　旅する土地だか
ら　人も水も　食べ物もかわる　乗り換えの時刻《とき》まで
風に吹かれて
一冊の詩集を読んだ　魂の水分の匂いもしたよ　きみ
に　この　春の揺れ　届いたろうか　ああ　空の盗人草
よ　やがて
遠来の客をそんなふうに　見送ると　もう　光の桟橋か
ら　なにものかが　羽根をひろげては　ゆっくり降り注
いで　いるのであった
花ひとひらの一瞬　花ひとひらの永遠の　ほら　ほら
おまえの右　わたしの左の傍らを
すこし遠慮して　つつがなく　向こう岸に　咲いている

鼓草

階下《した》にいってくるよと　降りていったまま　もう　もど

らない
風に乗って　空の花粉も　飛んでいる
庭のかたすみに　去年の春のたんぽぽも　まだ　ひっそり咲いている
空へつづく野のはなしだが　風がわたしの女房ですからと　あかるい他人を　通勤する
鈎になったり　竿になったり　黄色いパラソルを　くるくる　開いて
ときに　さまざまな体形《かたち》で　家族ごと　空になって　縦断する日は　手を上げて
階下にいってくるよと　降りていったまま　もう　もどらない
光の雨滴を　すこしはらって
虹の栈橋から　ひらりと離れる　そのまま　漣の浮力で
身体を　空にあずけて　高く低く　読書する
ほら　さいごのやつ　舵とってるやつ　ひらひらと　旗ふってるやつ
いつもの　風の舳先でよくみる　ページのような　顔だったからと　いま　星の降るかなた
煉獄のむこう　波の音色に　さそわれて　もう　翅をひろげては　水夫になって　飛んでいる
地名という名の　淋しい「浄土」を訊ね　まるごと　魂になって　春の夢を　航海している
生前だったか　死後だったか　お灯明を　上げるようにポッポッと　夕陽の北を　飛んでいる
雲もまた　空の浮き草　夢もまた　いつかは　人から醒めてゆく　ひとつの批評
缶ビールを片手に　中年がひとり　ポツンと　空の春愁を　流れていた
仏草が　まだ　そっと　野の風に　揺れている　ころでしたね
階下にいってくるよと　降りていったまま　まだ　もどらない

＊鼓草　たんぽぽ

雨師

焦がれては　また　露《あめ》が　びっしょりと　旅をむすんでいた　糸のような絹々の　おもいの果てで　散文にもようやく寂しさが　かなえられた　いちど手にすれば　それは　もう　心を染めること　草々に　と　しるせばくりかえしくりかえし　手をそえて　貴方との　むすんでは　ほどけてゆく　季のなごり　雲のような　旅のことなど　かるく　その一重に　はなしては　口唇《こうしん》に　紅《あ》葉《き》をと　うすくつのらせ　ゆるしてやった

陽によってうつしだされ　陽によってたしなめられたその手の紙の　密かごと　しろい乳房を　やわらかく辱めては　ときどきの　言の葉で　そっと抱きしめてやる　その　想いのかずかず　美しさを　手のごはんに盛る　朝の露　眼のつつしみ　を　飲しては伏せ　みとれては　また　寝みだれた　器のなごりに　箸　そろえて　渡るひとの　静けさ　盛られたもの　盛られたままの　そこにある　黙する　かなしみと　光のうつろうしろ姿で　発っていく　ものの　花の音　花の影　空のあはれ　を　追いかけては　人の世の　永久《とこしえ》にすがる　旅する　幽か　白い障紙を　仄かに　ひらいて　雨《う》師《し》と一緒の　木雨　ながめ　きれぎれに　焦がれてはふっと　ながれてゆく　その　雲居のひと葉　訊ね　わたしもひとり　一人の　眼差しあげた空への　澪　尽くしては　果てもなく　口唇に　紅葉をと　うすくたむけては　ゆるしてやった

陽によってうつしだされ　陽によってたしなめられたその手の紙の　密かごと　しろい乳房を　やわらかく辱めては　ときどきの　はらからで　そっと　抱きしめてやる　ああ　その　はらからの　身の　ひとつだに　乾くまもなしと　ただ　ただ　ひたすらに　散りいそぐこの世のえにしを　風の桟橋から　吹かれては　彼の岸を　すこしく　漂って　で　この景色を　盃に　呑しては　盗んでやった

いま　わたしの　傍らに眠る　この世の人の　ならいを　焦がれては　また　ひっそり　と　はだけて　他人の上品を　罪のしるしに　頬を染めて　佇んでやる

波紋

萩の花の　すっかり　おちた小枝に　ぽつんとひとり
空の実が　揺れている
空を映して　ぽつんとひとり　ぼくは　ぼくの涙に　す
こし浮かんで　生きている
風が吹いて　光がこぼれて
むかし　魂の近所で　暮らしたことのある人が　そっ
と　水辺に　おりてくる
そのたびに　とおい　雨の湖では　この世の秋の　小さ
な波紋《さざなみ》が　たっている

玉葱

魂は　青い空のようなスカートをはいている　玉ねぎの
ようだ　知らないだろう　なんど　剝いても　剝いて
も　はてしなく　ちかづくほどに　泪がとまらない　泣
けてくるんだ
生きているときも　そうだったのか　生の岸辺や　死の
岸辺　そのしたわしさ　と　想いのほとり　こころの草
叢に　いつでも　そっと　よこたわり　ときめいては
空に　眼をあげ
やがていつかは　人になっていくからだろう　そんな日
が　ちかい　まだ温かい　ちかづいて　いるようだ　と
てもとおい　泣き声　ひとつあげずに　泣いている　た
ぶん
生の芯や　死の芯の　ほとりに　だんだん　と　ちかづ
いて　いるからだろうか　遠近の　そんな全裸のさびし
さよ　雲のような　この惑いに　吹かれては　なおはて
しなく
吹いては　またたしかめて　空の幸福を　ひっそりと

改札している　ぼうぼうと　燦燦と　たじろいでは旅する　人生の日の　そんな　夢の扉を　そっと開くと　もう
頬をそめた　秋の陽の　風空木　この世のしがらみにもたれて　ポツンと一人中年が　缶ビールを手に逝くさきの　世の　空のスクリーンを　眺めていた　ああ風景　玉ねぎ
水の流れと　草ばの想い　そのはしばし　風にゆるしては　蜻蛉もひとり　空の波間を　翔んで　ゆくのでした　耳をあてれば　いまも　泪は　光のせせらぎ　さらさらと
さらさらと　聴こえる　汐の香りのさびしい　一瞬の荒涼ですよ　と声がはしる　きょうは　雨　羽根の浮力で発ってゆくうすい人の世の　ならいを　両の手に　湿らせては
一枚一枚　脱ぎすててゆく　すてながら　ひっそりとちかづいてゆく　ぼくは　いま　青い空のスカートをそっと　捲るように　ときめいては　玉ねぎの　皮を剝いている　泪が　とまらないんだ

月の家

旅すだく蟲です　この世の晩秋《あき》です　ちいさな雨で　そう　いそぎます
あちこちで啼く　そよと　風は夜のふかさです　深さにも　声が生まれるのです
にんげんの水分を湿らせては　すすき尾花の　花群れが野を白く　染めてゆくのです
荒野もまた　老いてゆくのです　風の舫いをほどいたのでしょうか
きょうは　心の肌が　とても冷たい
寂しさがまた　はらりはらり　堕ちてゆくのです　この世のくらやみにせがまれて
月も空に還ってゆきました　月の家を出てからは　影のない光りはありません
右手でしゃがみます　左手でしゃがみます　すると　お小水のような　あのお方の　旅の水血《みち》
さらさらと　さらさらと　うすい宿世を　せせらいでは水面に映す　この水の

われても末にあはむとぞ思うと　啼くのです　どこかで
蜻蛉も　また
月といっしょに　ながれてゆきました　背中の雨滴をす
こしはらって　わたしも　飛んでいます
旅すだくまぼろしです　かるい　光りのめまいを　そっ
と　はだけては
ああ　越前　道守荘　社郷
狐川
さんざめく　さんざめく　あなたに降る　この雨も　死
の一つだに　なきぞ悲しき
しんしんしんとしんしんと　あなたを焦がれては　溢れ
てゆく　晩秋《あき》の蟲

ああ　月・花はさらなり、風のみこそ、人に心はつくめ
れ*　と

今夜　あの世の旅の入りです

*月・花はさらなり、風のみこそ、人に心はつくめれ　兼好法師

空駅

もう　手をのばしてもとどかない　あのほとりを　彼方
というのでしょうか　蜻蛉が一匹　ひっそりと　漂って
いる　空の入り江　の　あのほとり　彼岸花が　風のさ
ざ波に　咲き乱れていて　空の土手には　きのうの　や
わらかな雲も　そっと　たたずんでいる　見送れば　そ
のまま　見しらぬ水鳥と　いっしょに　発ってゆくよう
な　あかるい波間の午後に　まっしろな空の静寂を　は
だけては　ひらひらと　軽い　旅の無言《しじま》が降っている
さきほど　躾けのいい　光りの淋しさを　連れて　私の
桟橋から　発っていった人もいたが　おうい　まだ　地
上にいるのかと　声がする　まあね　まだいるよ　未練
だねと　一艘の小舟で　漕ぎだしては　見あげる　空の
入り江の　あのほとり　ちょうどいま　澄んだ人生の
秋風の　まんなか　あたり　奈落のすこしてまえ　白い
帆を風に　そう　水夫《かこ》になってさ　たまに　還ってこな
いか　身軽になって　まあね　魂になれたら　ね　なん
て　きれいな会話が　夕陽の羽根で　飛んでいる　あの

ほとり　澪つくしては果てしなく　水に映す雲のかりそ
めと　縁のはずれの　ああ　もう　手をのばしても　と
どかない　花摘む人が　ゆっくりと　流れている　あの
畔　僕はいま　青い空の便箋に　ようやく　魂の転居届
を　書いています

詩集

紋付にね　羽織　袴　ごめんね　としか　いいようが
ありません
眼から　鱗がおちました　と　あなたが　いいました
そういえば
空もはがれて　彼方へぬきてをきって　眼が　泳いでい
くようでした
平泳ぎでしたか　それとも　クロールでしたか　背泳ぎ
でしたか
青々と　空が　しずかな海の口で　満ち　あふれる日に
は　だから
鰯雲　鯖雲　鰊雲などが　ひっそり季節をこえ　そう
あの　あたりですね
花をもって　たまに　小舟にのって　水夫になって　で
人生の　まんなかへ
水母のようにね　そう　襟をただして　あなたが　ゆら
りゆらりと
でかけていくのは　これから　そこへ　迎えにね　逝く
のですが
海鳥も　もう　旅発って　ゆきました　生きることとは
この世に　少しづつ
溶けていくこと　礼儀ですから　と　もう　上半身は
あおい空の
島影を　たがやしていて　下半身にはまだ　きのうの
岬の土を
すこしつけたまま　たまに　魂を　そんなふうに　ね
まっ白な大根のように
洗っては　身軽になって　そっと　空に　届けてやる
ときが　あるんですよ
そう　何ひとつ　所有するもののない　風の軽さを　栞

にこめて
白い雲を　正装して　しずかに流れているんだ　お歳暮ですか
次ページではね　立ち泳ぎしながら　家の門で　待っている

露草

つい　さっき　と　つい　さっき　の声がして　魂から羽化した　ばかりのような　風の小波　でした
ぽおっ　ぽおっと　お灯明をあげるように　たかくひくく空の眼で　泣きはらしては　こごえ
その人は　もう　はるかな　野のはずれを一人　夕陽の羽根で　翔んでいるのでした
つい　さっき　と
寝静まった　天上の　声の　さやけ　まだ　さっき　とやわらかい人が　ただ一人で　心のしずくをたどり
糸のように降りてきては　つい　さっき　と　つい　さっき　の
ああ　その　さっき　までの　足音ばかり　わたしの耳に　履き忘れては　空の「畝間」を　吹いていく
風でした　土手に　のぼって　ふりむかずに　摘んでいる　露草でした
つい　さっき　でしたね
他人の悲しさを　鶸の目に　したためては　そっと　空で　啼いている花　ありましたよ

邯鄲

しゃがんだ心にね　いつまでも　泣きつかれて　そっとみあげると　空が流れていて
天上からも　なにかが　ゆっくり　ぼくを　見おろしていたんだよ
あのころ星も　流れていて
思いの丈が　吹きすぎる　場所だったから　眼が合うと

あわててね　薄のほほを　染め
向こう岸へ　吹かれていったよ　風と
あけがた　この世の　旅の昏がりを　澄まして　そう
なにかがひっそり
草の階段を
下りて　行ったんだ　水のにおいがしたな
手と脚と翅　きちんと枕辺に　旅をそろえて　もう声も
なく　この世の晩秋《あき》が生きていたんだ
礼儀だって　泣きつかれてね
しゃがんだ心に　いつまでも　岸辺の横顔でさ
音もなく
邯鄲が一匹さ
空をはだけて

犬ふぐりの花の声もしたよ

冬眠

ふるい樫の木の　机が　おいてある部屋　しずかに居住
まいを　ただすだけで　それは　もう　悲しみの面積だ
抽きだしを開けて　空へ　洋燈《ランプ》を　あの人の　火影《ほかげ》にも
そっと　灯りを点れて
空をとおして　使いふるしの　鉛筆や消しゴム　それに
ノートや筆箱　下敷き
書きかけの　青い空の便箋には　きょうも　星がうすく
輝いていて
夜道には　うっすらと侘しい　故郷の香りのような　雲
も流れていた
ああ　風景　樫の木　母は　余白の多い手紙でした　と
横書の風も流れていて

読みさしの詩集の中　早春の頁をぬけると　もうそこにも　水彩のような　魂
雪解け水が　ほんのりと　淋しさをはだけては　白い霧のように　湧いていた
遠い日　読書とは　散ってゆく精神をいうのでしょうか*と　たずねては
向こう岸から　そっと　水草の眼でとどけた　想い出の拝啓　だせなかった
あの人への　草の手紙が　まだ　抽きだしの片隅で　ひっそり　冬眠していた

＊詩を書くということは散ってゆく精神なのだ　秋谷豊

空の音

ぷつんと　電話がことぎれた　そんなふうな　終わりかたでした　あの人は　ふかい人生という森の中　想い出という　話し中が　いまもまだ　ひっそり続いています　ひらひらと　空から降っている　雨師の声　秋の果てに　冬の入口　魂の花が　うすく　咲いているのでした　夕暮れどきの買い物から　それこそ　夕陽のように帰ってきて　そのまま　食卓の波間に　沈んで　ゆくのでした　波のしわぶきを　花粉のように　あつめ　水鳥の羽音が　こん夜も　空の浅瀬に　満ちるのでしょうか　あのほとり　よろこびもかなしみも　水だから　きょうは　ひらがなで　流れていよう　岸辺の木霊には　あの人　との草ぐさの想いを　そっと募らせ　いま　一艘の小舟で漕ぎ出す人の　うしろ姿も　しずかな耳のおもてに　瀬せらいでいる　ああ　想い出という　話し中が　森のとおくから　よせてはかえす　さざ波のよう　に　この世の空の回線につながれて　きょう　あの人の話しに　とても　空が高い　ぷつんと　電話がことぎれた　しらべの

小舟が　出てゆきますね　そんなふうな　終わりかたで
したよ　あの人は
生きていたとき　この世で　さいごに聴いた　空の音で
したね

（『雨師』二〇〇七年思潮社刊）

拾遺詩篇　1987-2008

空の健康

空をかついで*　なんて言わないで
空　大変だ
まっ青に空も晴れている
あなたも青ざめてまっ青にふるえている
上半身の空を　おひたしに
食べすぎたのだろうか
下半身はまだ　緑の土が付着している
葉緑素が足りないんだよ
鉄分もそれになにより水分も
人間の　豊かな精神と肉体をつかさどるには
まず　血液をきれいに　そう　そう
地が脚についている新鮮なんて　こんなことを
言うのだろうか
そんなこんなで恋なんかもときどき

大根のようにまっ白に洗ってみせる
健康ないちにち
食欲の右側に風が吹いている
快楽の左側に水が流れている
風と水が溶けあう場所でいつか一緒に住んでみたいな
魂とね
そんなふうなことを　ふっと思った
水の敷布が揺れている
北北西の風が吹いてきた
冬型になった
で　あなたと別離《わかれ》た
空みたことかと仰いでみる上空《うわのそら》
空しいとわたしが言って
空々しいとあなたが言った
そんな　こんなで　雲をつかむような噺だったから
いつかまた　まっ青に健康《ヘルシイ》が飛んでいく
みあげれば
血液のきれいな失意から立ちあがって　いま
なにかが　ひらひらと
光りの玄関をでていった
空をかついでなんて言わないで
空　大変だ
雲の予報に　影ばかり　流れている
あの深遠《あたり》
なにひとつ所有するもののない
軽さ

*石垣りん『空をかついで』

波枕

波風なく
おだやかにやってきたから
空はとても青かった
そう　言い切れる　きれるんだ
だから
雲の鮮度がいい日には

ぼくは　そっと
心の風音に揺れている
みあげれば
空の海峡
を　鰯雲　鯖雲　鯨雲と一緒に
季節を超えて
風の波路をおよいでゆく　潮からい
もう独りの　ぼくがいた
ああ　雲にも肉体があったなんて
いま　ここからが黄泉　ここからが常世
と　言い切れる　断崖
岬をこえれば
ぼくは　そんなこの世の汀で　いつでも
誰にも知られず　ひっそり
波枕を抱いて
浮かんでいる
雲を
摑むような話しだが
でも　こうして
うまく
溶けあっている

墓地

ボチボチですか
ああ　ぼちぼち　ですね
ボチボチ
暮れていく感じですね
何に　暮れてゆくのでしょう
生命でしょうか
人生でしょうか
とおい晩秋の日の　野のはずれ
シロツメ草など摘みながら
この世の柵にもたれて　一人たたずんでいると
蜻蛉たちが　あわただしく
交信しているようです
あの世と

ボチボチですか
ああ　墓地
はかないです　墓地　墓地です

ぼくは　いま　ようやく
魂の宛名を書き終えた

旅　風の木　鳥の風

風はいるのと木々がゆれた
そのあたり
風はいるのと鳥たちもゆれた
そのあたり
葉は梢をさそい　陽は影につながれて
ほそい春が　はずかしい

誰かの消息が　虹のように佇んでいる
それも　また　水の影

おし流せば　つかのま
雲も　そらとりくの眼にあずけられた　涙

ゆらゆら　と
精霊のように泣きふしては　発ってゆく
わたしのなかの罪の水分
水は体温
「時」があの人の年輪を　ひっそりと
運んでゆく

風はいるのと木々がゆれて
風はいるよと鳥たちもゆれ　て
で　そのあたり
やわらかな海の匂いとあのひとの宛名
を　湿らせている

しばらくして
水鳥が鳴いた
水鳥のなかに吹く風に　そっと追われたから

わたしはわたしに追われて
いま　ここにいる

旅は果て　果てのない旅もある
誰かの手のなかで
誰の手にもみえない　その手心
神の手
無慮の「時」の光りの天使をゆるす

風は旅する囁き　そうつぶやいた夢の明晰に

すこしばかりの快楽と
すこしばかりの失意の水夫《かこ》と
あのひとの
善悪の彼岸へ
白い帆をあげて渡る　一艘の小舟
みあげれば　空地のなぎさ
風の木と鳥の風　ほどけては

とどまる右岸　たちさる左岸
わたしの中に流れる　一本の罪の木
一本の芽ばえの木

右岸から溢れては
左岸から溢れては
わたしは　それを　すこしずつすこしずつ
許してみせた

ああ　雲はいつでもただよう空の桟橋

泪はいつだってながれる艀だった

風はいるのと木々がゆれた
そのあたり
風はいるよと鳥たちもゆれた
そのあたり
葉は梢をささそい　陽は影をはだけて
つながれた春が　はずかしい

わたしはわたしに追われて
いま　そこに居ない

さくら雨

おもいきれぬ
はるの時雨のように
さくらのかぜに
よく降るおひとだった
ひとひらひとひら波うっては
そののちの
みえない崖をひっそりと　沈めてゆく
おひとだった
もう　そのまま
この世の花の波間に
はぐれてしまってひさしい

さくら湯に降る
手のひらの香のもの
そのぬくもり
しろい歯型に　うすくのこしては消えてゆく
紅の小紋
わたしのなかに立っている仄かな
いっぽんの風空木
手のひらのお時宜草
月降らしの花
そんなふうにと雲をいいたい
そんなふうにと雨をいいたい

光景とはいうな　それは　ひかりのかげ
風景とはいうな　それは　かぜのかげろい
景色とはいうな　それは　ひかりとかぜのうつろい

が
そこにわたしはいない
どこかでまた

水の瀬音をわたっていくものの声がする
夢の水夫《かこ》だったろうか
おもいきれぬ
はるの時雨のように
さくらのかぜに
よく降るおひとだった
ひとひらひとひら波うっては
そののちの
みえない崖をはげしくつのらせては
あふれてゆく
そんなおひとだった
から
わたしの耳の
やわらかな鼓膜に
いつまでも
うつくしいさざ波の足音ばかり
履きわすれて　は
さくら降る　この水底までおりて
ただ　ただ

その　おひとのくるおしいさびしさの光を
そっと
水草の目で　とどけてやった
花筏に　乗せ

ああ　越前　道守荘　社郷　狐川

彼岸だったか　此岸だったか
生前だったか　死後だったか

この世の果ての
風の桟橋から
いま
ひらひらとひらひら
と
春の蜻蛉も　漂ってくる

ふりむけば
もう　いつかの日の

そのまま
さくらの花の景色の降りやむまで
さきの世の魂の上品にひっそり佇んでいた

秋祭り

きょう
青い空を
ラムネのように
飲んでみた
眼を閉じてわたる
喉ごしのうすい
秋
風の路地うらをぬけて
祭囃子を右にかくれて
しばらくは
入道雲の想いを左にたしなむ
名残のように
手を振って
いった
僕の幼年期
秋蜻蛉のかるい翅のめまいに
頬を染め
追いかけては
ラムネのような
みだしの
青い空へ
もりもりと泡だつ
気泡
入道雲
が
腹のそこから
しみじみ湧いてきた
人ごみの
そんな

懐かしさ

颪

少女は　包帯をほどくように　ひらひらと
颪をほどいている
ぐるぐると
巻かれた白い痛みのむこうへ
心をほどくように
夏の雲も一緒に　景色の颪をほどいている
空の桟橋から　いま
だれかが
ひっそり　発っていったようだ　が
颪の艀で　あわてて追いかけてゆく鳥のように
みあげれば
土手の野あざみの
花が
颪のさざ波に　まだ　揺れていた

あのあたりだろうか
この世の一切から　解き放されて
ひらひらと
空にはだけた包帯のような　魂を　おもう

幽秋

この世の閑けさが
庭から
書斎をのぞいていた
机上の詩集のページがハラハラと声もなく
木の葉のようにめくれている
晩秋の喩の
一行のくらやみに　さっきから
息をこらして
じっと　ちいさな生きものたちが隠れている
颪すだく秋の扉のむこうに吹いて
おまえは一人

読書とは散ってゆく精神をいうのだろうか

桔梗やそうして秋桜の花のほとりで　それを
看取ると
もう　なにくわぬ顔で
空の家路をたどって逝った　ものたちがいた
そこだけ深い
迷宮の秋にはぐれては
〈もぅいいかい　まぁだだよ〉
頁をくれば　ふかい人生の「刻」の木霊の
むこう
隠れたまま　そこにいない

還ってこないものたちの声も
ひっそり
紅葉していた

隙間

こすもす　萩　すすき　もじずり草
秋が来て
風が吹いて　陽が暮れて
だけかんば　が
こんなに　さびしく濡れて
ああ
頬を染めれば
地球の隙間に　まだ
こんなに生命が溢れていたなんて
わたしは
あなたとの隙間でそれを感じている
いま　何かが
この空地を　うしろ姿で
ひっそり
横ぎっていった
ああ
咲いていたのだろうか

たまに　愛人のような白い雲もながれていた
そこ
草食の体温がほんのりなつかしい
野のはずれ　で
みあげれば
眼の深度をたずねて　は
すこしばかり
他人の夕陽を暮れてゆく　秋です

雨法師

空をさいしょに　青く塗った人がいた　雲が白いように
　かなしいね
きょうは　朝から　魂の色など　そっとかんがえている
涙はいつか
空のまんなかで　自分ひとりを浮かべて　泣きたかった
ゆく　雲をうつして
ひとつ屋根のした　きょうも　ふたつの心が泣いている

「刻」が　川のように
ひっそりながれている
幸福をつくすように不幸をつくして　はる　なつ　あき
ふゆ
と　はんぶん生きたふりして　はんぶん死んだふりして
もう　雨法師の花が咲いていました

寂

夢のてっぺんで百舌鳥が啼いていた
朝のてっぺんでそれを聴いている
夢を失くしたらどこで啼くのだろう
朝を失くしたらどこで聴くのだろう

庭の草原の暗闇にことしもほととぎすの花が咲いている
神去月
どくろの目に涙がたまる[*1]
ああ　あの人の香りを失くしてひさしい
心の秋と書いて「愁い」と読んだ空のてっぺんで
星の決まっている者はふりむかぬ[*2]　と
声がした

＊1、2　鮎川信夫「どくろの目に」より

未刊詩篇　2008-2010

草蜉蝣

草ぐさにおもうとそうつぶやいてひらいたぺーじの秋の空を蜉蝣がひっそりとただよっていましたゆきくれて雲を汲むつぐないあなたのはなしにきょうは空がたかいからそんなふうなおもいをそっと「あとがき」にしのばせて中有へはなしてやりたかったのです
詩集とはただようきしべですからどこへもたどりつきもせずついにはしらべの小舟でたってゆくほねのかなしみもよろこびのみずもはるかに波のかりそめをきせてきょうはひらがなではなれてゆくのですきしべの木霊にはまあるいねむりをねむらせてはそらへいくえにもさざ波をとどけてはゆるしてやりましたながれというみずのときめきときめきのみずのいろとそしてそらをさいしょに青くぬったひとのことなどもそっとかんがえているのですよとしろい雲のようになにげなさにゆれているあなたの

まなざしのむこう
ひたすらな草のゆれひたすらなゆれ風にさびしさをはだ
けてははるかに魂のいろをひとりおもっていますおもい
とは染めてゆくつきくさ眼のまどべにみひらいてはさい
ているのですよいのちはひとつの宇宙くさでもありはな
でもあるのですからとどこかできょうもせせらいでいる
ひとがいますそよいでいるのでしょうねきっとしおりの
ようにこころにまどいの風をはさんではよんでいるみせ
しめ

ひとはみそらの桟橋からはなれてぺーじのみぎわへかる
くひとりの罪をしたためるのでしょうかみずとりの羽お
とにまたよこがおのみずすましあふれてわたしはわたし
の涙にすこし浮かんでいきていましたそうしてめをとじ
るはてのなさみえないそらの手がひっそりおりてきてい
まひんやりとこの青の肩にはだけてはあそんでいますあ
ふれているのでしょうねつぐないのみなもにいくえにも
白い帆をあげたきのうの夢のすずしさ風のひつぎをとじ
てゆれてほどけてはわたる空地のしじまの
ああ眼のうすさをしのんではたどるきしべのむこういま
はのくさぐさにはんぶん死んだふりしてはんぶん生きた
ふりしてもうひっそり雨法師の花がさいているのでした
とどいたでしょうかみえましたかわたしはみえない水夫《かこ》

こころのすいぶんをかるくはらしてはとうとうこんな身
になってしまってと眼をあげだきしめてくれたのにもう
おやすみくらしの火屋には月のあかりをいれてさっき魂
もひとりまどべでらんぷのように夜を読書していました

どくろの目に涙がたまる*

かるい空の脚音をいつまでもわたしの耳にはき忘れては
拝啓　こんやこの世で二泊三日　小波の遺言です　草々

*鮎川信夫「どくろの目に」より

猫じゃらし

ひらひらとひらひらと　こんなにも高くとてもきれい　ひらひらとひらひらと　きれいに軽い　雑木林をぬけて　くぬぎ林をぬけ　山葵沢をぬけ　そして　山ぶなの林をぬける　風がぬけてゆくような　光のめまいを　そっと　さしだしては　土地鳥のたかさに　空の眼を　あずけた人は　もう　かえってこない　時雨が　いつものいそぎ脚で　通りすぎていった　峡谷あいの橋を渡るその人の　虹の襟足も　もうみえない　渡れたのだろうか　雨宿りをしている　その人の　ちいさな光の吐息にかくれて　いま　何かが　ひっそり　立ち去っていったが　街道の猫じゃらしの花穂も　きょうは　うなだれたまま　光がこぼれ　雨が去って　雲の水位が　にわかに深い　ああ　手向けるには　こんな日がいい　むこう岸に渡ったまま　還らないわたしの視線も　遠慮がちに手を振っては　ながれてゆくのに　もう　地上も秋　ひらひらとひらひらと　いま　空の道駅では改札をすませ　しきりに　あの人の名前を　呼んでいるものがいる　旬の魂には　白い名札をつけ　翅の雨滴を　すこし背中で　はらって　ほらほら　もう　そんなふうに　わたしから　立ち去って　逝ったものがある　生前だったか　死後だったか　どんなに手招きされてもしらぬふりで通りすぎてゆく　処世はまだ身につけている

雨降らし

耳にも心があるのでしょうか
心の耳に　そっと　聴いてみよう
鎮めれば水だって
心をゆるすのに
水を掃く潮　水を聴く岸
投網のかずだけの
わたしの波紋　わたしの揺れ
風が間遠になり　あなたが去り
みはるかす　朝の闇には
佇んだままの　その女の気配が

まだ　白く　流離《るり》を舫っている
長身の言葉を贈った
身をかがめ　光の背の中で白髪がすこし揺れて
いま
あなたの影がすこし右に揺れ
わたしの影がすこし左に揺れ
ああ　生き死にを　そうしてすこし揺れている
雨降らし
くるくるとすべる水面の
さびしい　輪廻　を
行きつもどりつ　もどりつ行きつ
左舷にはあなたが揺れ　右舷にはわたしが揺れ
そうしてたどる
風のせせらぎ　雲のせせらぎ
の　あわい
小舟が一艘　光のさざ波を訊ねていった
水辺にうずくまる緑の簾をわけて
どこか遠くで　また
葦雀が鳴いている

葦雀の眼のなかでわたしも泣いていたのに
みあげれば
人はみそらの桟橋からあおざめては　漂う
空の浮き草
生、ひとひらの一瞬
死、ひとひらの永遠を　そんなふうに
いま
心の耳で　しゃがんで聴いている
耳にも心があったのでしょうか
眼のほとりを　小魚がゆっくりと
雲をわけて漂っている
その　深度までおりて
ただ　ただ
そのお人のくるおしいさびしさの光を
そっと　水草の眼でとどけてやったあの日から
しずかな過去帳にくれる朝にくれて
わたしの柔らかな
水の鼓膜に　いつまでも美しい光の小波を
履き忘れたままの　お人がいる

ときおり
チッチッと　葦雀を呼んでみるのだが
ああ　どくろの目に涙がたまる*

いまはただ流離をめぐりて水住まし　と

つつがなく
雲の膝枕にのって　疾る　空の帆影
この世の
朝をはだけては　暮れてゆく
春の
水　でした

なにひとつ所有するもののない　軽さを
聴いている

*鮎川信夫「どくろの目に」より

おにぎり

おにぎりが　しずかな会話の入り江に　夕餉の
さざ波をとどけに　きました

くらしの火屋に　ひっそりと　水鳥が灯りを
点れて　沖へでていきました

食卓に乗せた　もう　おやすみ　食欲と
想い出には　月の光りを

浮かべては　さっき魂が　窓辺で　洋燈のよう
に　夜を　みがいていました

神様だって　ほんとうは　襟をただして　もっと

もっと　長生きしていたかったんだ　誰にとも
なくそこにないものがいちばんよくみえる　日

卯の花月

ほそい　うしろ姿で咲いている　この世のくらやみに
急かされて
あの人は　ひとり　空駅に　還っていった
逝く人　還る人が　いまもにぎわっている　涼しい
雲の　生垣のむこうへ
この世の淋しい改札をすませると　もう　誰もが無口
に　そっと　微笑んで
わたしのお彼岸に　たたずんでいるのでした
こんなにも　足もとのあかるい卯の花月と　風の匂い
そう　彼岸から
「春中お見舞い申し上げます」　なんて　したためては
年に一度のごあいさつ　ひらひら　ひらひら
此岸の空で一生を過ごす人の話し声など　そっと浮かれ
て　ささめいてくる
月の障紙にうつる影が淋しいのは
根を下ろす場所がないからでしょうねと　座りのいい風
の話に　腰をおろし
光りをたがやしては
こころ　曇らせ
この地上のくらやみをひっそりと
徘徊している

庭の片隅の　卯の花のほとり　ほら　うしろ姿で閑かに
咲いている
雨とも　呼んでみる人を　まだ　ひっそり　待っている

雨法師の花

涙はいつか　じぶんの空の真ん中で　そっと

雲を　浮かべてはひとり　泣いていたかった
よろこびやかなしみも　行く雲だから　あま
りに　あふれては　さざ波のよう　泣きすぎ
たから
眼に見えるもの　眼に見えないものの　辺で
は　すこし隣りを　遠慮しながら　ひっそり
翔んでいた　いつかとおく　空のようにと
風の願いをひろげては　泣いて　いたかった
のです
人の世の野原では　もう秋　おおぜいの　魂
の中から　たった一人の　魂を見つけるよう
に　ぼくは　幸福をつくしては　不幸をつく
しては　四つ葉のクローバーを　さがしてい
ました
半分　生きたふりして　半分　死んだふりし
て　きょう　雨法師の花が　咲いていました

夢枯らし

木枯らしに吹かれて布団にはいった首筋がさむい
冬の湖では襟巻きをして
水鳥をまった
冷え冷えと風の胸毛にうずくまり
岸辺の家家にもぽっぽっとランプが点もった
空の道駅では　旅の改札をすませて
もう　ちらほら風の浮力で　粉雪がとんでいる
となりでは
妻がまだ目覚めぬ冬の陽の惰眠をちちっちちっと
鶸のように　ひっそり化粧している
だんだんと拡がってゆく水辺の葦原のむこう
湖を旅する　さざ波のまんなかあたり
一艘の小舟にのってさ漕ぎ出すからその逢瀬でね
どう　舞っていてよ
冬水仙など手に
たまに　躾けのいい淋しさなども連れてゆくから
水夫になってさ　ね

とおい岸辺では　しきりに妻のすがる声もする
いま　ぽつんと一人　月ものぼった
この世のしがらみに吹かれて
水鳥が一羽
骨ばかりの光りの微塵を
青い夜の便箋にそっと浮かべては　涙ぐんでいた

空の座

きょうは空がとてもよく揺れる
目をあければ
生きていたときもそうだったのか
ここからはたくさんの空の小途がみえてくる
彼岸花ときには桔梗や女郎花　萩の花のことなど
みんなみんな秋の最中だった
手向けてくれたのは生前だったか死後だったか
窓辺には誰かの忘れていった古い影帽子
それを被っていいま

何かがひっそり出ていった　が
風が吹いて雨もくれて
そこに静かに座った　名残りの
影も心を風鈴のように　と
くれぐれも願った
ああ　愛人のような白い雲がながれてゆく
秋をはだけて
凛々とした寂びしおりの花の敷布をまとい
きょうは心の他人がとても冷たい

わたしはわたしの最中であった

夢の水

どうしてそんなに悲しい貌して睡っているの
みあげればその声は不意に
するするとあなたの視線をすべり降りてきて
吊るされた

夢のよしなしに震えている
わたしのどんな昏い水面に湛えられていたの
睡りの無心にも一艘の小舟が浮かんでいる
風が間遠になり　あなたが去り
みはるかす　昼の闇にはたたずんだままの
そのひとの気配が
まだうすく流離を舫っていた
白い月のえまい淋しく
そうつぶやいて
あなたが泣いたあなたの涙をわたしが泣いた
すすき揺れ　月わたり　狐川
あなたの髪の　そのひとすじにいまも瀬々らいでいる
瀬をはやみ
とおい夢のほとりから還ってくると
そのひとの白いうなじにほつれて浅く
狐尾花の　ひと枝が
ひっそり　他人の罪のさびしさに光っていた
ああ押し花のひと
　想うことは浸ること

岸辺のない夢の水分がゆっくり溢れてきては
うすい詩集の記憶のページでそっと栞のように溺れて
　いた
耳に架かる妖かし「時分の花」よ
水色の詩亡広告欄　を　そっと　覗けば
この世の岸辺は
そこから深くあなたへ家郷しているのでした

時雨れて

ひらひらとひらひらひらと　なんて　空に降っている　なん
てふるいありきたりの使用法だろう　か
言葉の表情のある日の暮らしなんてそんなものさ　こん
なにも高くたかく低くひくくひらひらとひらひらと　き
れいに軽い
雑木林をぬけ　くぬぎ林をぬけわさび沢をぬけて　山ぶ
なの林をぬける　この軽さがまたいい　たまに魂がぬけ
てゆくような光と影のあいまい連れ添って

目の淵に住んでみると青い空の思惑が人目を偲んでしきりに淋しい
ひらひらとひらひらとなんて峠の水分が発ってゆくあのほとり　黄泉や常世の空の小途を時雨がいつもの急ぎ足で通りすぎていった
誰かに呼ばれたようでもないのにおもわず肩越しに振りかえってみるそんな幽か人生のほどよい紅葉にはぐれて　よくあるのさ
地上からは峡谷の虹の橋のしたでいま小さな吐息をふっとついては佇んでいる人がよくみえる　光がこぼれ雨が去ってひらひらが一人　魂を渡っていった
雲の水位がにわかにきれい　水たまりに映した　向こう岸には雲の艀もながれていた
ああ忘れものばかりのまだ還らない人生の　空の消印押してやる
ひらひらとひらひらと　なんて　こんなにも高くたかくうすくうすくあの人の旅する宛名をそっと口唇にのせてはもの思いに耽る手紙は旅先の遺言書です
羽虫が一匹この往く秋の午睡の住所をたずねていった
生前だったのか死後だったのかさっきから翅音をふるわせ
行方不明のわたしがまだ　景色の汗を拭いている

四つ葉のクローバー

眼にみえるものの
すこし隣りで
眼にみえないものたちが
ひっそり
遠慮して　翔んでいた

人生の野原では
ぼくは
四ツ葉の　クローバーを
摘んでいる

おおぜいの　魂の　なかから

たった一人の
魂　を
みつけるように

とても難儀していた

ほんとうは
もっと　長生きしたかった
と
そのとき　空の手がしずかに　おりてきて
そっと
あの方の行方を
耳打ちしてくれた

きょう
世界はおだやかで不安に満ちていて昏い
神様の　すこし隣りで

あの方が
四ツ葉の　クローバーを手に
立っておられた

エッセイ

自作の風景、狐川の四季

狐川にまた春がきて、陽にうるむ水の優しさが匂ってきます。巡る流れにそっとさしだす私の思いのさざ波。すべての生き物たちのみえない眼差しに、色をつけた華やぎが揺れてこの岸辺にもいつか季節がなごんでいます。自然のなかの形、色、音の気配、その隔たりを間というならばこの間こそ中有、空間とよばれるものでしょうか。狐川を歩けば私はその間を「魔」と感じる生死の不思議な優しさにであうことができます。私は長くこの川の辺に住んでいます。この川の水を揺籃にたとえていいのかも知れません。水を辿れば私は遙かな私自身のルーツへと還ってゆけるからです。

水にことよせた想いをつれて私は日々狐川の岸辺を歩いています。この水勢は日野川、九頭竜川に合流し、やがて日本海へと注いでいます。北上するこの水の果てに私は私のまぼろしの故郷を見ているのです。水が繋ぐその思いへの懐かしさ。めくるめく水の輪廻のことなのでありります。

私は豆満江の水の流れが中国と北朝鮮とを隔てる中国東北部の国境の街「延吉」で生まれました。五歳のときに日本へ引揚げてきたのです。が、私の記憶にはその地はないのです。かすかに引揚船のなかの暗闇から見あげた空の明るさだけが手にとれる親しさです。幼い日の遠いまぼろしのような意識を繋ぐ一本の水の道。その縁《えにし》の向こうに私の故郷があるのです。

狐川は、紀元六〇〇年代から東大寺領直轄の北陸地方最大の荘園「道守荘」の中を流れていました。正倉院に遺された越前国足羽郡道守村開田地図にも記載されており、今にその面影を見ることができるのです。北に足羽川、南に浅水川、西に日野川に囲まれた三百二十六町余りとされる道守荘は、まさに水の道に守られた歴史のある場所であります。この真ん中をいまもひっそりと狐川が一条の糸となって流れています。足羽神社神田地であったことからその一字「社」をとったとされるこの社の地。そこは近年まで静かな農に明けくれる土地でありました。「越前《えちぜん》、道守荘《ちもりのしょう》、社郷《やしろのさと》、狐川」それは私の呪文であり、四季をめぐるふるさとへの挨拶、この地を旅する抒情への礼儀であります。

水を聴くことで水を拓くことで水に触るふるさと。岸辺に下りて手を浸す。その水の冷たさ。遠いふるさとに触ったと、そんな一瞬の感慨が溢れます。この岸辺から発信するふたつの国への想い。たったひとつの国への想いがそこにあります。それらを彼岸と此岸にたとえれば、それもまた遙かな時空を超えて比喩として訊ねる詩的空間であります。地上から天上へ、天上から地上への小さな旅。生死を連れてその中有の深さをも往還する旅。魂と一緒に、それをそっとダブルイメージするのでありま す。水の辺の私自身と化して。それが私のモチーフであり テーマであります。

狐川は、詩で書く私の故郷です。詩を書くことで住んでいる私の草家、故郷です。そこは私の「日本」を密かに実らせるところであります。空高く静かに舞う風や蝶や水や時の作法の向こうへひっそりと「魔」を紡いでは華やいでいくところであります。そこから発ってゆく歌語への想い。私の古典が深まり現代と感応しては見えない世界の花垣を奏でてゆくところ。花や鳥や月に雪、山川草木。名もない歌の声などをはだけては命のようにそこはかとなくある、もののあわれ、儚さ、の再びを見るところであります。たとえての生きとし生けるものたちへの美しい営みや別離のあるところ、旅する異邦であるのです。異邦とはしらじらと自身を照り返す寂しさの光のようであります。この水の果てしないよるべなさこそが私の詩的根拠であります。そして風景は批評になるのです。見えるもの見えないものを集めて。流れている私の詩的宇宙。私の詩的全人格なのであります。

抒情とは日常の異界を揺籃する水の精神である。

私は現代のもののあわれを、儚さを、かそけきものを書いてゆきたいのであります。それは私自身が生きた素材になれるからであります。そこに日本的な美を見るからです。

かつて満州という名の幻影の国がありました。植民地であったそこからはゆらゆらと沢山の日本人が還ってきました。外地から内地へと着の身着のままの姿で茫然自失となって。私もその一人でした。沢山の日本の不幸を背負って還ってきました。が、そこで本当に喪ったものとは何だったのでしょうか。単に時間や空間を超えてきただけのものではないそれら遙かなもの。それを分け入ったものが詩的経験になりました。

〈ふるさとがない、他所者《よそもの》〉との見えない声のそしりが私の背後霊です。いまも荒涼として吹いている私の喪失感であります。根のない寂しさであります。

故郷喪失者そして忘却。ふるさとが欲しい。美しい日本語のときめきのある風景へ景物へ誘ってやまないこの渇き。そこへ還りたいと願ってやまないあわれの風が人生を吹いて往きます。抒情とは風景（異界）の中に魂のふるさとを旅する思想でしょうか。それを訊ねてその一語に押されて私は私という来歴をいま一篇の詩にそっと聴いているのであります。

狐川の岸辺を歩けば私はこの水の彼方からせせらいでくるその呼気や吸気、水の命に震える懐かしいそれらを詩語として聴くことができるのであります。定住する故郷と漂流する故郷、それを隔てる日本海。私はいつでもこの光と闇の狭間に漂っている澪漂であります。きょうは水鳥は渡ってゆきましたか。波の音が聞こえましたか。雲の艀がとても白いこんな日のまぼろし。

遠い日、私は私の感情の桟橋に亡霊のように吹き寄せられている夢の亡骸です。薄い影ばかりを掃き忘れてはそこに立っているようであります。どの時代から引揚げてきてそしてどの時代へ還って往ったというのでしょう。風景。そしてそこにいない私の、ない故郷へただ静かに吹いてゆくばかりの魂風。

舞鶴港。平桟橋へ。他所者と淋しい風が木霊している

狐川の岸辺に再びの春がきました。空をめぐり水をめぐる日々であります。命あるものたちのあえかな日々をさしだしては「時」をかさねて、その足音つれて、私の詩神は、旅という一語の薄い忘却に魅かれて、いまもめぐるめくその遙かな異邦（日本）をめざして旅している

ようであります。
旅は途上なのであります。

＊

〈越前、道守荘、社郷、狐川〉私の呪文、私の呪術。

（書き下ろし）

卯の花　詩と花と草の風景 1

卯の花は、ユキノシタ科の落葉低木で空木《うつぎ》の花の別名である。卯の花垣、花卯木などとも呼ばれ、五月から七月にかけて枝の先に白い鐘形の五弁花が多数群がってているように咲く。陰暦の卯月に咲くことから卯の花と云われてもいるのだが、古くから『万葉集』や『古今和歌集』に詠まれ、初夏を代表する身近で親しい花である。木々の緑の濃さを際立たせ涼やかに咲いている。緑が一心に己れの思いを込めているような傍らの静謐。その花垣の闇の向こうにいる。

『枕草子』には、ほととぎすについて「卯の花、花橘などに宿りして、はたかくれたるも、ねたげなる心ばへなり」とこの花に身をかくすものの気配を捉えている。いつまでも来ぬ人を待つわが身を省みての思いをそこに懸けて。

この鳥が鳴くと初夏。卯の花の咲く季節である。生者が死者を伴って静かに空を巡る。この花垣の向こうにも、花橘の匂いをそっと付けて。「なく声をえやは忍ばぬほととぎす初卯の花のかげにかくれて」（柿本人麻呂）とこの花蔭を踏まえている。風情を誘うことわりであろうか。

卯の花は、幹の真中に空を持っている木。空木とは言い得て妙である。人も心の中心に空を持っている。空しいとか虚しいが、それであろうか。

つかのま風が舞ったようだ。音もなく揺れているのでそれと分かる。見えない人がきたようだ。

卯の花はまだ咲きませんがと隣席で彼はささやいた
ワンマンカーに乗って山峡の停留所まで僕は行くつもりでいた
見知らぬ彼は風呂敷包みを膝のうえに大事そうに置いていた
ホトトギスは鳴いていますがと隣席の彼は再度ささやいた
風呂敷包みから海苔巻き弁当と清酒の小瓶が食み出ていた
彼は風呂敷包みに両手を添えたまま、またささやいた
卯の花は咲きませんが、チチハハは鳴いていますが
彼の機嫌を損ねては失礼なので僕は途中下車した

（広部英一「卯の花」）

のどかな田園の風景の中を一台のバスが走る。この地上の何処《いずこ》にもありそうでない風景の中を。見えるものと見えないものを連れての旅である。花を添えて山峡の向こうの世界へ、こちらの世界から乗り合いバスで渡ってゆくのである。傍らの彼はむろん見えない人。チチハハの魂を訊ねての旅である。花垣の向こうに隠れているものをそっと心に起こしての旅。そこでは、かそけきものをこらえて喜びや哀しみをひっそりと耕しながら、初夏の季節の途中を往還する。魂の内部と外部の旅。古典と現代が静かにここで交錯している。移りゆく自然を景物として、事象に感情を重ね自然と一体化しようとする。伝統的な抒情の手法と精神がきれいな言葉でここにある。

卯の花の咲く季節にふっとこの一篇の詩を思い出す。すると、口中に雲のような力が湧いてくる。あの方は今

どの辺りを旅しているのだろうか。

（「福井新聞」二〇〇七年七月三十一日）

彼岸花　詩と花と草の風景 2

土手の草叢に彼岸花が咲いている。狐川のこの季節、初秋から晩秋へと季節を急ぐように、空への薄い小径が雲の傍らに見えるようだ。岸辺を涼やかに風も渡ってゆく。一瞬の静寂が空と水の流れを継ぐように細い糸のような永遠を映しだしている。その橋をいま誰かが渡ってゆく。

秋の香りを急ぐその土手に降りてこの彼岸花を赤く染めた理由など呆けたように考えている。美しいが何処かスッキリと痛い花である。風に揺れることの似合わない不幸。風に揺れることをどこかで拒んでいるように見うけられる。その揺れるという花の意味と風情に媚びない。許しを乞わず凜として空に向かい、まっすぐ立っていることのそれ自体が理由になる。この花には美しい空へまっすぐに咲くわけがある。

つきぬけて天上の紺曼珠沙華　　誓子

人間は立っていることに理由を探す。自然の傍らで自然になるように短い人生という季節を咲いてその最中にいる。季節をめぐりめぐっている生死のその生命を揺れているのだ。喜びや悲しみを揺れているのである。

彼岸花には花であることや、花でないことの理由などない。ただそこにあり咲いているだけなのだから。生命のみえない震えのように。一群れ一群れ群がり競うようにあたり一面を赤く染め咲いている。魂の傍らの空地を染めて。

彼岸の頃とこの花時が重なる彼岸花。びっしりとあたりを埋め尽くして、そこに魂を呼び寄せているようだ。サンスクリット語では曼珠沙華。天上界に咲く赤い花という意味である。秋の彼岸にふさわしい花である。死人花、幽霊花、捨て子花、さんまい花、狐花、葬式花、天蓋花など、どこか浮世離れした名をいくつも持っている。それぞれが空へ燃えあがるように眼を上げ、凛と残酷な呼称に堪えて。

曼珠沙華あれば必ず鞭うたれ　　虚子

彼岸花の球根は豊富なでん粉を蓄えていて、そのためはるか昔には、祖先が飢餓のときの救荒食にしたようである。一方この球根には毒性もあり土葬の時代、その毒性を利用し墓地に植えてねずみやもぐら等の外敵から墓や魂を守ったともいわれている。

秋分の日は、いうまでもなく昼夜の時が等しい。太陽がまっすぐに西の岸辺へ没する。「彼岸」はあきらかに、生死の海を渡って悟りの岸へ、その彼岸へ到るの意で仏教用語でもある。

彼岸という言葉が定着したのは浄土信仰が興隆した平安中期である。弥陀がいる浄土は死者の魂の往くところであり、霊魂の家郷であるという教えの祖霊信仰と結びついたからであろう。仏教行事化してきょうにある「彼岸」。先祖をうやまい、亡くなった人を偲ぶ日のこのいちにちは、誰もが寡黙に魂を洗っていて美しい。

狐川の草叢のススキに風も揺れて、彼岸花が咲いている。かつて父祖がいだいた彼岸のイメージはいま、水のように現代の岸辺に伝承されているようである。「秋分の日」は魂の安息日。

花をたむけて、この岸辺に立つ。すると遙かな雲を分けて帰ってくる人の声に出会うことがある。

見あげれば空／どこか遠い思いの果て／ススキの原にそっと隠れて／私は／コーンと／啼いた。

まんじゅさげ蘭に類ひて狐啼く　　蕪村

（「福井新聞」二〇〇七年十月九日）

柊の花　詩と花と草の風景 3

一本の木のかたわらに春が佇んでいる。椿《つばき》と読む。一本の木のかたわらに夏がいる。榎《えのき》と読む。一本の木のかたわらに秋がいる。楸《ひさぎ》と読む。一本の木のかたわらにて待つ思いのそれぞれ。そしていまは冬。一本の木のかたわらに立ってかじかむ思い。柊《ひいらぎ》と読む。

雨が時雨にかわり、北陸の冬の訪れ。海には波の花が崖に咲き乱れている。轟々と飛沫を浴び、この暗い波間にカモメが潮の香りを低く運んでいる。暗く人を呼ぶような声に似せて、言霊が空に地に海にひびきあい冬の到来である。そこでは死者も生者もたしかに遊んでいるのだろう。

柊はそんな季節に咲く花である。雄株と雌株があり幹は人間のように直立して沢山の思いに乱れた枝を空にわける。ちぢに乱れた思いをその風の枝先に誘うように。葉は卵形でふちに棘のようなギザギザ。葉の腕に、それこそ幽かな香りのある白い可憐な花を咲かせるのである。柊はそんな花である。

この花は二月に親しい。古代から柊の葉の棘が鬼を祓うとされていて、節分の魔除けに使われている。門前にこれを掛け、鬼を追い払ったそうである。そのとき鰯の頭もいっしょに掛け、かぐ鼻という鬼を追い払ったとも云われている。「鰯の頭も信心から」の語源であろうか。「古事記」でも大和武尊が東征のおりに景行天皇から「比比羅木の八尋の矛」を、賜ったと記されてあるが、これは柊で作った邪霊（鬼）を鎮めるための儀礼の用具であったという。柊はそんな古代の神の花。遠い歴史のかなたを呼んでやまない花である。

この花の名の由来は、葉の棘に触るとヒリヒリと走る痛みから「ヒヒラギ（疼木）」あるいは「ハイラキ（葉苛木）」からきたとされている。「疼」「苛」の字はひりひりと痛むことを表すものである。こうして鬼（厄）を追い払ったのであろう。この小さな花の、ひかえめな優しさの葉裏に秘められてある魂と祈り。その寡黙な美しさや厳しさ。

どこかでまた激しく雷が鳴っている。この声もまた神のよりしろか。古代からの声の便り。雪起こしであろう。あなどってはいけないものの前触れ。それもひとつの天地の声のようすが。それぞれに魂をめぐらしているものの意思のあわれ。思いを掃いて人間のかたわらに咲くこの季節の名もない花々をいまに思う。

冬のひは木草のこさぬ霜の色を
はがへぬ枝の花ぞまがふ
（拾遺愚草　定家）

見えるもの見えないものの気配を集めて時が流れてゆく。柊は日本人がいにしえより祈りを込めて神事に託した霊力をもった花であった。

私のかたわらに冬がきてそっと凍えて咲いている。さっきからその木のかたわらにひっそり佇んでいるものがいる。神と人間の領分を分け、そこに立っている木。そこが死者と生者の国境である。花の香りが幽かに揺らぐ。

（「福井新聞」二〇〇七年十二月十八日）

なずなの花　詩と花と草の風景 4

狐川の川面を染めて白く霧がはりだしている。真っ白な不思議の真ん中、句点、読点のようにこの岸辺を散策している。湿りをおびた冷気が私の全身をすっぽり濡らし、早い朝の感慨が静かに川向こうから身体に入り込んでくる。まだ草や木々も眠っているようだ。

弥生三月、気持ちの何処かで季節のはなやぎを迎えるように明けてくる霧の晴れ間を待っている。北国の春の到来を最初に感じるものは、やはり光の暖かさであろう。何処からともなくうす明るく射してくる。春浅しである。「春浅し」は立春からまだ日の浅いころの感じ方を表す言葉で、それこそ行方を占っているようである。霧の中でふっと英国の詩人ブラウニングの詩の一節が口をついた。

時は春、／陽は朝《あした》、みちて、／揚雲雀なのり／朝は七時、／片岡に露　いで、／蝸牛枝に這ひ、／神そらに知ろしめす。／すべて世は事もなし。　（上田敏訳）

そう、すべて世は事もなし。この白い風景の霧の中ではそう嘯いているようだ。霧の中ではすべてが無言である。白い無言《しじま》の向こうから沈黙に勝るどのような雄弁があろうか、とそんな声もふっと聴こえてくる。

足元の岸辺の土手になずなの花を見つける。身近な親しさである。むろん春の七草のひとつで、三寒四温の日日、霧が立ち春霞がもやるころ、株元から薹《とう》立ちして小帽子をかぶせたような白い小さな花をつけ、群れて咲くのである。が、今はまだ疎ら。この霧の中、遠い時を遡る私の思惟をそっと促してくれる。

なずなの語源にはいくつかの説があるようだ。「愛すべき菜」や、「撫で葉」から由来するもの、また密生するところから「眼に馴染む葉」とも云われる。古くから食用にされ、天皇の食卓にも度々のぼる程であったという。また民間薬にも重宝がられたようだ。

春霞がもやるころに眼にする路や土手の傍らに咲き、

何気なく見過ごしてしまうその控えめな姿勢が野の草花として好ましい。俗名「貧乏草」「ペンペン草」等とも呼ばれている。荒れ果てた家屋敷の凋落の例えにされるつつましさや、果実が三味線のバチに見立てられた響の悲しさ。

すべて生命は名前を持った時から淋しい呼称に吹かれている。もののあはれである。

君がため　夜ごとにつめる七草の　なずなの花を　みてしのびばせ　　源俊頼

『枕草子』草はの段にも一緒にくくられ、いとおかしとある草の花。なずなの遠い来歴を想う。白い霧の中の一瞬と永遠の邂逅、王朝人の吐息が風をふるまうように、この川岸をひっそりと往還しているような霧の朝である。

（「福井新聞」二〇〇八年三月十一日）

梅の小枝

鮎川信夫の風景 1

ちらほら小雪が舞っている。庭の片隅で梅の花のかおる季節になった。なぜかほっとするものがある。静かに凍えて和らいでくるものの辺で想いが溶ける。すこし色をつけた蕾が開いているようだが。みえない花弁の暗闇にひとつひとつ言い聞かせながら想いを洗う。その眼差しが柔らかな雲間から陽の優しさを浴びている。立春。こんな季節にはいつも思いだす一篇の詩がある。春を吐いて白くたちのぼってゆくその空にあずけた眼差しのゆくえ。

吐く息のひとつひとつが
詩になるかもしれぬ
きみとぼくにしかわからない
やさしい謎をひめた詩に

過去をすてたきみの喜びと
未来をすてたぼくの苦しみが
よりそって　晩秋の路上に
つかのまの影をおとし
西と東に　はげしく
引き裂かれていった日から……

きみの髪をゆわえた
ほそい梅の小枝は
非時の曇天に
ゆれつづけている

（「吐く息の」）

昭和四十一年「詩学」一月号に掲載された鮎川信夫の詩である。梅の小枝にゆわえた髪、それはどんな別離のどんな祈りであったのであろうか。戦争という非時の曇天。それは過去からの告発であり未来への沈黙の希望という伝言でもあったのであろうか。再びは会うこともなかったであろう死を生きてついには現代に繋がるもの、戦後を死者の魂と共に生きた詩人のこと。語られ尽くした感のあるこの詩人を語ることのおこがましさに今更の思いも。が、いまも人の心を震わせ響かせつづけているものの声。この詩は私の好きな一篇でもある。そしてとてもふかい謎を秘めている。

鮎川信夫の母親は大野市の出身。父親は石徹白村の出身であった（この地は、昭和二十三年の村民投票により福井県から岐阜県へ編入されたのである）。梅の花の咲こうとするこの季節には、ふっとこの詩と詩人を思いだしている。

遠い昔、祖父の米寿を祝うため、大野に帰郷しておられたこの詩人に会いに行ったことがある。二十代の初め、十一月であった。私の現代詩はそこから始まったのだが。旅館の書院作りの窓のむこうにちらほらと小雪が降っていた。吐く息の白さが忘れられない寒い日であった。そこで何を話したか。戦後詩の巨きな詩人に会ったのである。二十代。興奮が身体を熱くした。米大統領がダラスで暗殺されたとのニュースが流れていたその次の日であったから忘れない。もう詩人が逝去して二十三年も経っている。庭に紫のホトトギスの花が一斉に咲いている頃だった。訃報を聞いたのは。それは茫然とする報せであった。お訪ねしたのは生前に三回であった。が、私のような若者にも丁寧に向き合ってくださった。そのことは忘れ得ぬ記憶である。

日本がまさに暗い時代へ入ってゆく昭和十七年、詩人は学業をなかばに戦地におもむいた。一篇の詩「橋上の人」を遺言として友人に託して。が、幸運といおうか不運といおうか詩人は傷病兵として昭和十九年、内地に送還されたのである。そして三方気山（現、若狭町）の傷痍軍人療養所に入所した。後に福井県にあった国立三方療養所である。そこの五病棟で戦後現代詩のバイブルといわれる詩論「戦中手記」は生まれたのであった。消灯後の暗い病室でそれは五本の巻紙に家族にあてた手紙のふりをして綴られたものであったという。

十八歳の春、私は三方、気山のこの国立療養所で一年の隔離入院を余儀なくされた。肺結核と診断されたからであった。当時この療養所にも「湖療文芸」という機関誌があったようだが私には遠かった。林を抜けると目の前をひろい湖がひらけるそんな閑静な里山の地であった。宇波瀬神社という名の水にまつわる親しい神社があってよく湖やこの辺りへは散歩に行ったものだった。翌年の三月に私はここを退所し福井に帰った。

これは随分と後で知ったことであったが、「戦中手記」の中で、名作「橋上の人」の決定的な一行〈星のきまっている者はふりむかぬ〉が書き加えられたのも実にこの病棟であったのである。私の病室はいみじくも同じ病棟にあった。この五病棟のどこかに確かにその詩人はおられたのだった。私はこの重なる偶然をいまも運命のように抱きしめている。

「戦中手記」は昭和四十年十一月一日、思潮社より刊行されている。むろん私の傍らにある。

福井県、若狭町三方は梅の産地である。この季節のすべらかな風が湖を渡ってゆく。ひらひらとその風に乗ったあえかな梅の香りのような、遠い日の私の思い出である。鮎川信夫は福井県にそのルーツを持ったゆかりの詩人であった。

いまはいないその人に私淑して、私は詩を書いている。

いなくなった人影がもの思いに耽る

（書き下ろし）

宿恋行　鮎川信夫の風景 2

睦月、目の前の小さな荒地には年を越したままの薄のひと群れが、風にまだその白い穂先をさし出していて去年の名残りにふるえている。

風を手向けてはそのひと揺れひと揺れがまるで手招きしているように、おいでおいでと呼びかけているように、私には確かにみえる。老いが近くで手招いている。宿業の一文字がほそい。白髪を思わせるそのなめらかな悲しみのしぐさに疲労も冷たい。私はふっと鮎川信夫の詩の一節を思いだしていた。戦後を死者の魂とともに生きた詩人。

白い月のえまい淋しく
すすきの穂が遠くからおいでおいでと手招く
吹きさらしの露の寝ざめの空耳か
どこからか砧を打つ音がかすかに聞こえてくる

わたしを呼んでいるにちがいないのだが
どうしてもその主の姿を尋ねあてることができない
さまよい疲れて歩いた道の幾千里
五十年の記憶は闇また闇。

（「宿恋行」）

時に激しく身をほそく晒しては、それこそ身もだえる風情の高さで、ゆっくりと手折っていくもの。手折れてくるものの時の感情を超えて語りつがれるもの、語り尽きせぬ故の語らいにと続くもの。そして意味を抱きしめてゆくことの豊満さ。どうしてもその主の姿をたずねあてることができない、その露のしぐさ。まっすぐに入ってくる人生の悲哀がある。

宿恋とはなんであろうか。こころに残る言葉であるが。この世に忘れてきたものは遺してきたものは何だったのか。道草の途中で置き忘れてきたものを思いだそうと、迷宮をたどるのだが。

見はるかす人生の円卓のむこう、荒地、風景とよぶところにも、もう、ちらほら小雪が舞っている。ほんとうの主の姿が見えてこない。哲学や思想を実らせては甘やかにあまりあるものの香り。たずね続けるもの。そのときめきと疲労の芳醇さ。その宿り。手のひらにのせた小雪の淡さ。きわめて求道的なたたずまいをもったこの小品の背後からは、いま一人の詩人の運命がしきりにおいでおいでと手招いているようである。〈どくろの目に涙がたまる〉のである。

鮎川信夫が逝ってことしで二十三年にもなる。戦後詩は遠くなったたか。

君が手も　まじなるべし　花芒　　去来

（書き下ろし）

コーヒー巡り年始め　鮎川信夫の風景 3

喫茶店の片隅で、コーヒーを飲んでいると、いつもふっと想い出す詩の一行がある。イギリスの詩人T・S・エリオットの「J・アルフレッド・プルフロックの恋歌」という、鮎川信夫訳による長い詩の中の一節である。

なぜなら、僕はもうすっかり知っている、すっかり知っている――
夕方も、朝も、午後も知っている、
僕はコーヒーの匙で自分の人生をはかりつくした、
僕は遠い部屋からの音楽にかき消されて
消えゆく声たちを知っている。
　それなら今さら力んで何になろう?

一杯のコーヒーが喉元を渡る。心地よいその香りが、苦さが、私に呼びかけるその覚醒、私の場所。その訪い。

私はコーヒーの匙で自分の人生を、果たして量りつくすことができるのだろうか、でき得るだろうか。むろん比喩ではあるが。

見えるもの見えないもの、小さな、白く薄いカップ一杯の人生。覗きこむと、ぐるぐると私の顔も回っている。ニヤリと笑うと、もう一人の私の顔も歪んで溶ける。

はてさて飲み干してしまえ自分の人生を。目をさしだせば、熱いものもいつかは冷める。想いも、寂しさも少しく哲学して、ゆっくりと思念がのぼってゆく。

バラード奏法で、フィニアス・ニューボンのジャズピアノが流れている。一九四八年にサラ・ヴォーンが歌ってから一躍有名になった、ジャズのスタンダードナンバーの一つである。曲名は「ブラック・コーヒー」という。

私自身のための年始め。

（「福井新聞」一九八七年一月五日）

秋草と「駅」

旅とは、異を立てる行為である。たんに異なった空間（土地）異なった歴史（時間）のなかへ入っていくだけではない。そこに異なった自分を立てるのである。自分に対して他者として自己措定するのである。（山田宗睦『旅のフォークロア』）

地方に住んでいることとの一番の良さは、何と言っても、いつも身近に自然があるということであろうか。郊外に出ることは従って風景や自然に抱かれること、あるいは呼吸することである。村社会の退屈さや窮屈さもあいまって、そんな慣れもなじみ方も、また居心地のいいものがある。時間がゆったりと流れているからであろうか。そこでは田舎なりの匿名の個人になれる方法がある。

誰かのエッセイにあったが、都会生活の一番の良さ（あるいは不幸）は、いつでも好きなときに好きな場所で一人になれることであると。村社会と違ってそこでは激しく揺れ動く渦があって、身をゆだねればいつでも匿名の個人になれる。自分のことなど誰も知らない空間の、少し疲れた世界の片隅の中で、ひそやかに「自分自身の心」を遊ばせることができるからであるとあった。

地方にあっても、田舎にあっても自分自身を遊ばせる方法はある。そこには「刻」と「場所」と「人間」がいつでも穏やかな忘却のように流れていて自らを律し開放しているからである。渦ではないからだ。その自然の中からの個人の解放は、何よりも風景の中へ「心」を入れてゆくことである。自然もまた人間にとって大きな心の「器」なのである。

古いものの残る街はいい。古いものが景色になっている街や自然はいい。そこでは人間も景色に盛られた一部であるからだ。故郷とはまた激しく名うつ心への味覚、心を繋ぐ四季の柔らかさのある美味しさだと思う。

北陸線の敦賀駅から汽車に乗った。今は電車と言うのだろうが、電車ではどうも旅の感じがしない。旅はやはり汽車がいい。記憶の片隅にあるそれはやはり「鈍行」、各駅停車である。この言葉ももう使われていないようだ。

「死語」がどうしてこんなに親しいのだろう。昔あった駅名の生きてある死語、「新保」という名の駅はもうない。長い北陸トンネルをくぐると「南今庄」である。山あいの細い峡谷に忘れられたようにある無人駅、車窓のむこうには今も見えない人達がひっそりと乗り降りしているようだ。

柿の実の紅さが、去年の秋の実りよりも今年は深く、あちこちに群生する薄の原の向こうに細く連なっているのが見える。晩秋に彩られた一服の華やかな秋寂である。薄はどこか白髪の老紳士の美しいたたずまいを醸す。自然が深くうなだれている景色の向こう、さきほどの風も顔を上げて渡っていった。このトンネルができて消えた日本海をのぞむ「杉津」という名の駅。高い山上にあったそこから見える季節の夕陽と海の色が人生のあるときの一隅をかすかな潮風で照らしていたような遠い記憶のそれを忘れられない。

春夏秋冬、感情をひとつずつ止めて振り返り目の端に流れてゆくもの。「駅」。小さなトンネルが連なり、峡谷の光と陰に眼差しからそっとはずれていった風景。「かえる」という名の駅もあった。古い昔の北陸線。山間の淋しい村の灯りを分け入り、何処からきて何処へと人は帰るのか、帰って行ったのだろうか。暮らしという名前のたもとへ。

旅は途上なのだ。人生も生から死への途上なのである。旅といえばとふっと思い出すが、〈帰れるから／旅は楽しいのであり／旅の寂しさを楽しめるのも／わが家にいつかは戻れるからである〉といった詩人もいた。苦楽の彼方、放浪の俳人の句にも「風のトンネルをぬけてすぐ乞ひはじめる」「笠にとんぼをとまらせてあるく」「うしろすがたのしぐれてゆくか」等々の句が浮かぶ。「そんな自然の秋の里山。／くぬぎ　いちょう　けやき　だけかんば／まっかに泣きはらした眼の底まで／びっしょりと／紅葉がきています」と詠った詩人もいたが。眼の感触と肌の感触が秋を深く感じさせて風の匂いを運んでくれる。車窓を開ければその風をまた呼吸し、体感できる景色の奥へ深く傾斜してゆくものがいる。自然のそれぞれが、ひとつひとつの役割を奏でる敬意。何処か人生は秋がいいと生命の盛衰の視線を静かに交わしているものがいた。

有情にも色や艶がある。この短い旅にだって。「今庄」にとまる。北国街道の宿場。ほそい夕陽の往還を少しはずれて山峡の街を抜けたであろう一人旅の淋しさ。気楽さ。「そば」の花の香る宿、遠い日にこの駅にも立った。影が形により添うように。人の好みの秋草が深い。ガランとした造り酒屋の古いレンガのたたずまいにも、夕陽の影が長い。絵ハガキの中の淋しい宛名もそっともの思いにふける。自然の中の一瞬のためらいを溜めて「鈍行」という名の余情がみちている。人生も自然もそこでは柔らかく一体となってほどけてゆく生命のしぐさである。

季節のページをめくるように湯尾、鯖波、王子保、武生と各駅停車のそして「地方」という名の街へ、光の陰からそっと抜けだしては帰って行ったものがいる。

「鈍行」の詩を書きたいと痛切に想った。秋から冬にかけての名もない人生の「駅」を訊ねながら。そこでは自然という大きな心の「器」に、時と場所と人間を入れ、そっと立てたいと思った。

(「映画サークル」二〇〇〇年十二月)

詩のある魂の島

西表島、美原集落から由布島へ水牛車に揺られ渡った。常世から黄泉へ渡るような気持ちがそこにあった。かすかに風も吹いていた。

牛車が人を乗せて渡る砂地は、この美原から沖合五百メートル、空へ還る海の道である。空の青さと海の青さのほどよく解けるところに干満の潮のつつましさがあった。

海の道を古老の三線《シャミセン》の弾く音色とユンタ(安里やユンタ)の地声のやわらかな深さとともに、「刻」がゆったりと流れていた。シャボリ、シャボリと水牛の歩く水の音、潮の音に混じって洗われていったもの、白い砂地の軌跡にそっとしまわれる私自身の軌跡の砂粒もそこにあったようだ。

ここは日本の地、南の涯、彼方のある場所、私は点である。

小松空港からの機中で読んだ冊子の中に「ちょろちょろと」と題した沖縄、宮古島生まれの詩人の与那覇幹夫《よなはみきお》の詩があった。この自然の涯しなさに抱かれた土地の声、大地の言葉（簡単に方言とはいうことを許さない厳しさがそこにあった）からなる詩の肉声を聴いていた。この地にあってしか書き得ないもの。離島《はなれじま》の過酷な生活の制度の中に息づくもの、琉球そして薩摩と十七世紀から二十世紀初頭までの離島の運命の洗われ方、自然と人間の智恵の土着の向日性が今日の歴史に還ってきているもの、想像力という作品の詩の力がそこにあった。

いつ／青の夢んのって／どこからやって来たのか／君たち　さんご／うねる　大洋ん中／累々と喰らい続ける青ん幻花／さんごたちよ／化石となり土となったあんたら親たちの／あん赤茶けた土ん色は／あんたら親たちの恨みんか／青い空んした／貧土の赤土ん／芋づるが／へばり着くよう／ちょろちょろ　風に揺れるん／島ん人　姿んようんね　（詩集『赤土の恋』から）

離島の海をみて、沖縄の海をみて、離島に立ってこそ感じる「青の夢んのって」という詩語に出あった。この旅の幸い。

離島には、離島の古老には、その島の歴史とそこにある自然と人間の輝きを背負っている、ゆったりとした謳らかな時の流れがあった。軽さと重い日常の静謐な居住まいを感じていたのは、この詩品を機中で眼にしていたからであろうか。通りすぎる人間としての痛みをも、然し共有し得る感動の一語ではなかったろうか。

私には昔から離島、あるいは孤島に対する深い思いと憧憬がある。何故かしらは問えないが「満州」から「日本」へひきあげてきたその幼児体験による由来かどうか、青色が溶けそうな、いや溶けている空の拡がりと海との深遠な関係を思わせるときに、世界の中の孤独の一点であるような「島」を私自身の心に置き換えてそれを他者のように視ている私という気配を忘れ難いのも又そうである。

私の詩集『彼我考』の中の作品「孤島」はこのような書きだしではじまる。「海を／じっと　抱きしめていたい／／想い出が／孤島のように／／ふるえて／いる」。もう遠いできごとである。心に忘れ難いものこそが、人生として立っている。

牛車を曳く古老の手の匠の向こうに、三線を曳くその声の音色とともに、私は私の生まれた大地を古里を一瞬思っていたようであった。

三線は沖縄にこそよく似合う。ゆったりと「刻」の流れをつまびいている。そこに住む人たちの鼓動のように人生をもつまびいている。石垣島、西表島、竹富島、何処でもそれを聴けた。島全体に、その音色はユンタととともに流れてあった。一篇の詩の出会いの凪と一緒に短い常世からつかのまの黄泉の入口へと渡るような懐かしい旅であった。竹富島、由布島はとりわけそんな魂が、そっと呼びかけてくるような島であった。

（「詩人懇話会会報」四十八号、二〇〇一年一月）

草上の人　広部英一追悼

ちょっと体の具合が悪いので会えませんと空の彼は伝
　えてきた
死者と言えども発熱して寝込むぐらいのことはあるら
　しいのだ
土手の草上で彼に会うのを愉しみにしていた僕はがっ
　かりした
五日後また土手に行き僕は空の彼にその後如何ですか
　と聞いた
空からの返事はなかったが雲の切れ間から初夏の日光
　は届いた
僕と彼の詩集が増水した川面を頁を光らせながら流れ
　ていった

（「草上」）

「木立ち」九十五号（二〇〇三年九月二十日）に発表された広部英一氏の最期の作品である。詩品としてはこれが絶筆である。読み返してみてなんと予兆と予感に満ちた詩品であったろうか。この世への別れの挨拶がさりげなくそこにはあった。今更ながらにそれを感じる。氏と話したのは小春日和の陽ざしの居間の炬燵に入ってであった。〈ちょっと体の具合が悪いので〉と図書館を休んでおられたのである。迫ってきた「蟹と水仙の文学コンクール」についての打ち合わせであった。

あれからもう巡りめぐって五年になる。お邪魔をしたのは十一月の二十日であった。あれこれ打ち合わせを終えて帰る私をヨロヨロと柱にすがって玄関まで送りに出て来られた。オヤッと一瞬、私は、名状しがたい思いにかられた。氏はそれこそチョットと照れたように苦笑いをされ、何たいしたことはないと。その光景だけがいまも昨日のように私に濃い。それが氏との別れであった。作品発表の二ヵ月後のことである。

三日後の二十三日、県立病院に入院。この後、氏と話を交わした仲間はいない。コンクールの報告に伺った二十四日には、もう面会謝絶であった。病名すら判らぬまま、私達はただただ容態の急変に驚き静観するしか術はなかった。声も言葉も、もう失くされていたのである。二十八日に私の連絡で東京から駆けつけて来られた作家の津村節子さんとは涙を流して、枕辺で手を取りあわれた。まだ名残りの意識はたゆたい、それが惜別の挨拶となっていた。深く永い文学への信頼のそれがゆっくり流れていった。入院からわずか一週間ばかりの出来事であった。以来、眠りを眠り安らいで氏は逝かれたのであった。

死者と言えども発熱して寝込むぐらいのことはあるらしいのだ

どこかユーモアを醸す一篇の詩行を前に、人生をかぎろいえた詩人の安息とは一体何であったろうか。果たして、沈黙に勝るどのような雄弁がこの世にあると言うのであろうか。詩人の予兆とは予感とはそれを誘ってやまない直感とは。いまも読めない。こんなふうに氏は私たちの前から去って逝った。

狐川の土手を、霜月の空をおおう雲の暗さが目に痛い。

この水面を映して走る命の聴こえない声、河原には薄が時雨にうたれ、身も世もなく泣きはらしたように我が身を晒しては、地上の声を一身に訊ねていた。〈帰るべきところは何処にありや〉と。

何ごともまねき果てたるすすき哉　　芭蕉

年が明け、季節が変わればこの河原の草の上で、遙かな時空を旅して降りてくるであろう氏に会いたいものだ。その後如何ですか、と。お変わりありませんか。と。

空からの返事はなかったが雲の切れ間から初夏の日光は届いた

平成十六年五月四日午前五時五十五分　永眠。合掌。

（「福井新聞」二〇〇八年十一月二十六日）

作品論・詩人論

人生の岸辺での相聞の交信と共生への願望

――花月の詩人

広部英一

川上明日夫さんの長い詩的遍歴を見守ってきた私には、川上さんは人生の岸辺に立つ詩人のように思われる。川上さんの詩にはうたかたの現世を生きる人間の魂の孤独の寂寥がたえず川面を渡る川風のように静かに吹き抜けている。とはいえ川上さんの詩には無常や虚無の陰りはなく、薄明の世界をはるかに超えている。しかも、川上さんはこの魂の孤独の寂寥に彼方の世界への憧憬を深くにじませ、時の流れのままにうつろう地上の風景に仮託して自己の魂と彼方の岸辺の魂との相聞の交信を感性豊かに表現している。これが川上さんの詩の注目すべき文学的な特性なのである。この相聞の交信にはまた鎮魂の祈りと共生への願望が込められているので、川上さんの詩は魂の悲歌あるいは相聞歌として鑑賞することもできる。

すなわち川上さんの詩は日本古来の人生観や伝統的な美意識を基調にした当代の詩であり、彼方の岸辺の魂との相聞の交信と共生を希求する生命の詩である。いうなれば川上さんは人生の岸辺で仮初の人生を予習するかのように自己の魂のラストシーンを繰り返し表現する花月の詩人だといっていいのだと思う。

たとえばこんな作品がある。

お墓に入るように蒲団に入った／朝まで　死者の真似をして眠った／隣りでは墓守がスースーと静かな寝息をたてている／誰かが枕辺にきてそっと花を置いて還った／曼珠沙華だったか　野菊だったか／夜の河もゆっくり流れていた／雁が啼いて北へ渡った／星も流れていた／一匹二匹／死者も羊を数えていた

（「羊」全文）

川上さんは「一匹二匹／死者も羊を数えていた」と予感することで、ここの岸辺から彼方の岸辺へと通じる通路の果てにある中空の臥所を確かめ、連れ添っている魂との相聞の交信と共生への願望を表現している。不眠の夜、私も羊を数えることがあるが、成功したためしがない。この詩を読んでこんなふうに羊の詩を書くこともできるんだなと、夕空に群れをなす羊雲を心の空に見上げながら川上さんの詩の技の巧みに私は感嘆したのだが、この一篇の詩からも現世での生と死の境界のシーンを人生の岸辺での自己の魂のラストシーンとして表現する川上さんの詩的発想と方法の独自性を感じ取ることができる。

　川上さんのように魂の気息まで感じさせるかのような純粋で哀切な叙情を表出することができる詩人は少ないのではないか。かつて私は川上さんの詩の特色をとらえて魂の道行の詩といったことがある。花のいのちのはかなさの表現に殉じてやまぬ川上さんの詩の言葉に内在する韻律や、滅びの美を追求するイメージの位相を踏まえていったわけだが、はかなさを主調とする古典的な美意識こそが、川上さんの美意識の発生の母胎であるからには、この形容も全くの的はずれではなかったと思っている。しかし、さきの「羊」や他の作品を見る限り、この詩集『蜻蛉座』において川上さんはさらに詩の世界を発展させて、魂の実存の気配が満ち満ちた新しい詩の創造を志向していることが分かる。

　たとえばこんな作品もある。

ながい消息を書きつらねて／雲が渡っていった／風の配達人が／ほら／宙の家並みのむこうを曲がっていった／白い土の／生垣をめぐって／花の香りも澄んでいる／そこから／もう／誰も　還ってこない／　届くだろうか／絵葉書のなかの寂しい宛名も／そっと　もの想いにふける／雨をふくんだ笏谷の碧／石の肌／その切り出しの村／の　しずかな午さがり／ああ／みあげれば／空地の峡《はざま》／はるばる　と／流れている／越前《えちぜん》道守荘《ちもりのしょう》　社郷《やしろのさと》　狐川／ふるい軒端の／庭の片隅で／山茶花のはなびらが／音もなく／はらりと墜ちた／／届いたようだ

（「山茶花」全文）

川上さんの詩のイメージはこれまではどちらかといえば水平方向に展開させているものが中心であったが、この詩集『蜻蛉座』では川上さんは水平方向のイメージにまじえて垂直方向のイメージを展開させている。川上さんは意識して詩の方法を変えている。水平方向のイメージに垂直方向のイメージをクロスさせることは遠近法にかなうわけで、この方法によれば詩的空間を立体的に造型し、詩人の心象風景を無限に広がる宇宙的なイメージとして効果的に表現することができる。たしかに川上さんは詩の方法において工夫をこらしている。

「山茶花のはなびらが／音もなく／はらりと墜ちた〃届いたようだ」のイメージはまさに垂直方向のイメージである。「山茶花のはなびら」は川上さんの人生の旅に連れ添っている魂の形象であり、そしてそのはなびらがひとつ「音もなく／はらりと墜ちた」ことでこの岸辺の棲家から投じた一通の絵葉書が大空を渡って遙か彼方の岸辺に「届いたようだ」と推量しているのだ。詩の言葉に浮遊感覚があることも川上さんの詩の世界の特徴のひとつだ。この詩も岸辺での自己の魂のラストシーンであり、この詩からも川上さんが追求している詩の主題がはっきりと読み取れる。川上さんの詩の主題は彼方の世界の岸辺から空海を渡って降りて来た魂と自己の魂との時空を超えた相聞の交信と共生への願望であり、永遠の飛翔へと旅立つ自己の魂のラストシーンの具象を通じて魂の実存を証明して見せることなのだ。この「山茶花」の詩のイメージには常に流れる時の河のせせらぎがあり、読者の心を憩わせてくれる安らぎがある。

この詩にある「越前　道守荘　社郷　狐川／ふるい軒端の／庭の片隅で」は虚構の岸辺の庭の片隅ではなく、北陸のF市郊外の狐川のほとりに定住する川上さんの自宅の庭の一隅である。川上さんは自宅界隈の歴史的な地名や川の名をつらねることで地上の風景を俯瞰しながら一点にしぼり込み、人生の岸辺に立つ自己の魂のありかを再確認し、地上での束の間の魂の消息をしたためている。この詩の世界を通じると路傍のサザンカの花さえもにわかに深い意味のある存在に見えて来るが、それほど川上さんはこの岸辺での自己の魂のラストシーンをリアリティーのあるイメージで鮮明に表象しているのだといっておこう。

この詩集『蜻蛉座』には『山家集』をモチーフにした作品も収められている。中世の歌僧、西行の山里での隠棲や漂泊の旅は、まことに人生の岸辺での魂のラストシーンのモデルにふさわしい。川上さんは彼岸の岸辺の魂と同行する自己の魂の飛翔を世捨人の行脚になぞらえているわけではないが、西行には尋常でない関心を示している。その証拠に世紀末を生きるとはいえ川上さんは「白雨」に西行の名歌「わび人の涙に似たる桜かな風身にしめばまづこぼれつつ」を少しのためらいもなく詩の一行として丸ごと象眼することもしている。こんなところは読者の感想が分かれるところだろうが、私なんかは、いかにも現代にはまれな花月の詩人らしい川上さんの文学的な自己主張だと考えている。

　川上さんは古来の人生観と伝統的な美意識を継承する詩人らしく洗練された美学と、長年の詩的経験の間に構築した詩法を持っている。川上さんの詩が表現する彼方の岸辺の魂との相聞の交信と共生への願望は、現代の混沌を生きる川上さんのアクチブな詩精神の本領であり、人生の岸辺での魂のラストシーンのイメージは魂の行方を追い続ける文学の精華だと思う。

（『蜻蛉座』一九九八年土曜美術社出版販売刊）

「純霊」に近づく旅

——川上明日夫の詩群に触れて

長谷川龍生

数年前だったか、福井県丸岡町の中野重治記念図書室で、川上明日夫と雑談を交わしていたとき、彼が、敗戦後の中国からの引揚者であることを知った。もちろん少年時代の頃の事件である。

私は、意外な気持におそわれた。そのあと、すぐに、さもありなんという認識になった。

彼が坐わっているときだとか、直立しているときだとかは、海外引揚者の影、フンイキは微塵も無かったが、歩いているとき、いそがしく立ち廻っているときを想起して、うむ、そのような動き方のなかに、「列」を探しているような、かすかな情動があった。ただそれだけの寸感である。晴れやかで、明朗な人柄である。しかし、動きはじめたときは、小さな風をはらんでいた。ごく小さな風が——。

海外引揚者と聞き知って、私は、朝日新聞のジャーナリスト坂本龍彦さん、その著書『満州難民、祖国はありや』（岩波書店、同時代ライブラリー222）を、すぐに頭脳のなかに呼びもどした。私自身の連想あそびの一癖である。坂本龍彦さんの著書の内容は、非常に傑れていて、おそろしいまでの名著である。その中に、「詩人」の項目として、東宮七男（一八八八年、九十歳で逝去）が登場してきている。プロレタリア詩に関心を抱き、萩原恭次郎らと民衆詩運動に取り組んだことのあるかつての詩人である。現代を生きている川上明日夫とは、まったく関係はない。

その坂本龍彦さんの難民考のなかにある、「死者の声を生者の声にしたい」という悲痛な願いが、私の胸のなかの到るところに、突き刺さっている。いまでも――。

川上明日夫の詩作品群を読んでいると、比較的長いものであっても、短いものであっても、この私にとって、ほとんど「ケガレ」のない、あるいは「無」にちかい境地の方向にさそいこんでくれている。また、せつないような優しさが、ほど良く滞留し、そこはかとなく存在感がただよっている。

自然な運行ではなくて、彼が好む言葉で言えば、「詩然」そのままのさそいこみ方法である。何んとも言えない微風が吹いていて、「鎮魂」の技に秀れているのであろう。言葉の搬びが、なめらかな送りで、無傷の肌をすべっているようだ。「自然」ではなく、「詩然」とは不思議な優しいそれでいて力技に依るものである。見えない力だ。

東海北陸自動車道にのって、岐阜県の辺境「北濃地方」をすぎ、鮎川信夫の出身地「石徹白（いとしろ）」を訪ねたとき、その途中で、越美南線の「白鳥（しらとり）」という単駅に立ちより、川上明日夫が運転を止めて、ふらりと車から離れたとき、そのうしろ姿ごしに見えるその地域帯の晩秋の風景は、この世のものとは思えないぐらい、静かで、山川草木などほとんど目に入らず、測地感覚だけで美しかった。仏教用語に「中有《ちゅうう》」があるが、私の畏敬していた石田瑞麿さんの解釈によれば「中陰と同じ、死後、次の生をうるまでの存在。中有の旅の方は、死後、四十九日の間、次の生所を得ないで迷っていること、冥途の旅」となっている。その測地感覚の風景のなかに、何んとも言えない微風が吹いていて、心根が妙にひきしまった記憶がよみがえってくる。「中陰」は、待機している存在、「中有」は、さまよっている仮存在、これは、私のいたずらな観念、思念であるが、川上明日夫の「詩然」とは、純霊主義（アンジェリスム）の旅が近づき、測量師K、川上明日夫は、すっくと、眼前に、立脚して光のなかに、いまにも、溶けこみそうであった。

「越前《えちぜん》　道守荘《ちもりのしょう》　社郷《やしろのさと》　狐川」という地名が詩行のなかにおさまっているが、川上明日夫の眼前の故郷であるだろう。心の故郷という言葉は余り使いたくない。彼は、戦争に遭遇した引揚者の少年履歴を持っているが、福井県内に帰ってきたとき、その地を日本の故郷として、首肯したのであろう。すっきりとした内奥からの「魂の声」があり、決定を下したのである。詩行の隙間から、地縁結縁のイメージは、ほとんど無い。これは健康そのものである。私が、彼の詩の言葉の搬びに、ふと、さそいこまれるのは、健康な旅人であるからだろう。病んでいる旅人ではない。旅人は通常「生と死」の観念をひっさげて旅をするが、悩み多きものではない旅もある。あくまでも哲学的なものではない。人間に遭遇するために、人間の感性にひびき合うためにである。彼は、自己の故郷に感性の旅をしつづけているのだ。そのように思えてならない。そして最終的に往きつくところには、「死者の声を生者の声にしたい」という願望が、多分に伏在している。

「死者の声を生者の声にしたい」。川上明日夫の詩作品群のなかに流れて基盤になっている抒情性は、この私にとって、ひとつの源流を示してくれている。正直に、単的に言えば、心地よい、まどろみの淵辺の場所かもしれない。自己勝手であるが、自身の内向性に掌をあてたりする。掌は、むしろ外向性の掌であって、その深度を、測知する。二ばん目は、ゆれる情動性と非情動性の二律背反のような動きをたしかめる。ときには、とんでもない妄想的な社会心理のメスをひそかに沈めていく場合もある。

私は、伝統的な要素のなかに、類型的な抒情性がかさなり、枯死をするという想定のスタンスがあり、本当の現代にこたえる人間の抒情性というものを、把握しようとしている。これは、ながいながい旅路であった人生の源流をどのように渡ってきたかという、旅情、旅愁に似たものである。日本人の特質である「内向性の極」に触れていくだろう。

川上明日夫の抒情性は、「内向性の極」には往かないだろう。たぶん。それは予測であるが。

越前、道守荘、社郷、狐川、それは川上明日夫自身が「呪文」と言った、四季をめぐるふるさとへの「挨拶」と言った。この地を旅する抒情への「礼儀」であるとも述べている。

呪文は、魂を呼びこみ、魂に変化して、一つの空間を渡っていくのである。これは日本人の「家」に棲みつく特質の想像力である。領海の親潮にも似ている。私は、そのことを、なつかしく、大いにうらやましいと思う。

「内向性の極」は一つの危険性を秘めている。これは二〇一一年の現在段階において、社会自体が、具象性をもって知らしめてくれている。川上明日夫は、そのエッセイの内容で、「誰もが寡黙に魂を洗っていて美しい」と言った。私は、魂を洗うという単的な言葉に、文学の、詩学の、長い長い歴史への営為が存在していると思う。現在は、それればかりの一日一日であり、よごれた魂を洗っているか。

よそものだから　いま　とても　あたたかい

――川上明日夫の喩をめぐって

倉橋健一

湾曲型思惟というのは、私自身詩を書くときの、こうあり続けたいと願う一つの態度である。鮮明な主題をもったから書くというのでもなく、モティフに曳きずられるというのでもない。小林秀雄が『モオツァルト』で展開した論旨にしたがうなら、「モオツァルトは、主題として、一と息の吐息、一と息の笑ひしか必要としなかった」に通じ、さらに「歩き方の達人であった」「目的地など定めない。歩き方が目的地を作り出した」に接続する。ある端緒が言葉との関係を強いたとき、詩作ははじまると思うのである。ここから湾曲型とは、直線型を対抗として、蛇行型をふくめてじぐざぐのコースを取る。その結果、一行目は二行目の、二行目は三行目の生みの親になっていく。曲線であるから遠い先（目的地）は見えない。しかし歩き続けることによって、確実に目的地は手に入れているという寸法である。そして、今、川上明日夫の詩の世界のなかに、すっぽり私のこのかんがえを適応させようと思う。するとここで大事な予感としてひとつのかなたが見えはじめる。狐川という具体的な地名の登場であり、それがどうして喩になるかという問いかけである。〈水にある彼岸のように／ぼくの彼岸　きみ／　狐川〉とは詩集『月見草を染めて』に収められた「私信、ここで」の一節であるが、私が知るかぎり狐川はここではじめて登場する。知られるとおり、彼の第一詩集は、一九六七年の『哀が鮫のように』であり、そこに収められた十五の掌篇はハタチから二十六歳のあいだに書かれている。ここでは広部英一がかつてくり返して語った「羇旅の詩、水の詩」の気配はすでに濃厚で、〈颪の筏にのってみつめあう彼岸〉という、川の中点から仰いで両岸を彼岸と見る発想も、この時点であらわれている。水のなかあるいは水面そのものが存在であるという詩意識も露わになっていて、そのまま漂泊者という認識もかたちづくる。それにしても狐川という地名を得るために、どうして二十五年もの長い時間を労したのだろうか、二十五年もの湾曲型思惟とはなんだったのだろうか、と問うことは、この詩人の世界を知るためにはけっして無駄にはなるまい。今すこしその前後を眺めてみよう。

光と陰がおりなす日本人の美意識は／花鳥風月であらわされるが　いまになって／　水の有情も忘れてほしくない／時代の香りを深く沈めて／閑かに人間を曳いてゆく／　旅という名の文化　そして／定住と漂流その夢の徒然／風が少しでてきたな／ぼくは　いまぐっすりときみが寂しい／さしのべた手のひらに　手のひら重ね／こんなにも淡く溶けてゆく一瞬／水にある彼岸のように　ぼくの彼岸　きみ／　狐川

（「私信、ここで」）

興味深いのは、ここでは狐川の登場に平行して、彼のもつ花鳥風月の日本人の美意識との違和についても、詩のフォームのなかで語っていることである。〈水の有情も忘れてほしくない〉という願望のフレーズがそこに当たるが、私はここは彼のいうよそものをだぶらせてとらえていいと思う。誤解を怖れずにいってしまえば、標準的な日本人の美意識からの疎外態であり、ここは現代詩人川上明日夫を読み解くキーワードのひとつにもなりうる。

年譜をたどると、川上明日夫は一九四〇年旧満州国間島省延吉県に生まれ、六年後敗戦によって家族と共に引揚げている。さらに三年たって福井市に転居するが、そこが〈越前　道守荘　社郷　狐川〉とくり返し呪文のように歌われることになる、よそものを自覚させる地であった（といって、ここには定住者とよそものの対立といった、より現実的な問題とも切り離されていることにも、この詩人のばあいには注目しておく必要があろう。広部英一がモダニズムと花鳥風月の美意識との相克ととらえた一点である）。

面白いのはここでも広部英一が、しかしこの川はほんとうはただの泥の川にすぎないと語っていることである。〈よそものだから／いま　とても　美しい〉（「雲、夏水仙」）という、よそものという川上明日夫独自のネガティブな詩意識を媒介にしなければ、けっして見ることのない幻想としての原風景（仮構されたふるさと）は、かくてこの手順をえて登場する。そこで川上明日夫の詩の世界は、この狐川の登場によって、前期と後期というふうに二分することが可能になる。それにしても二十五年！はけっして小さい歳月ではない。

それが私の姿勢だと／越前　道守荘　社郷／狐川//水は体温//よそものだから／いま　とても　あたたかい

幼い頃の旧満州国時代をモンタージュさせた「花の譜、そして旅」の最終連。

　なるほど、ここでも広部英一のいうとおり、川上明日夫の詩の世界の原点は幼年時代の引揚げ体験の赤錆びた記憶のなかにあると、いったんはいってみるのもよいだろう。しかしこの詩の書かれたのは一九九〇年に入ってからであり、さらにげんみつにいうならば、当時大きな社会問題になった中国残留孤児による肉親捜しが制作動機になっている。この一篇はこの作者にはめずらしい、抒情を抑制したかたちで書かれていて、即物的な数少ない作品のひとつになっているが、ここでもおぼろげな自分の記憶のなかの引揚げ者である幼い自分にたいする残留孤児という、帰らなかった分身を仮構することによって、運命を共有するがゆえに引き裂かれた彼岸と此岸が実現するという、やはり彼独特の彼岸物語（縁起譚に匹敵する）へと展開するところに特徴がある。言葉をかえせば、ここでは赤錆びた記憶さえもが仮構されたものといってさしつかえないと思う。紹介した終連の、彼の詩を語るばあいにはおそらくはいつまでも語り草のひとつになろう美しいフレーズによって閉じられるのも、そのゆえんである。つまり、ここではよそものとは、この狐川の詩的実質をみちびき出すための水先案内人の役割をはたしている。

　となるとよそものとは、この詩人の世界にあってメタフィジカルな象徴的な言語と、もし規定しようとするなら、そこからはみ出た毒はどのように作用するだろう。ここではもっとも初期に属する『哀が鮫のように』のなかの一篇、「空白の少年」に着目しておきたい。この詩集そのものはまだ若書きの部分も多くて、ぜんたいが一筋の情念で操られる傾向がつよいなかで、モダニズムの箇潔な詩法がはたらいて不思議な雰囲気を湛えている。

がらんとした少年が誘った／白く泡立つ／夜の艀に立って／木のような旅はしないか／いたましい／波の眼でみつめていると／はるかな／行方を漕いでいった／淋しい傷みが／かすかに微笑《わら》った

ついでながら、川上明日夫が「定住者の文学をめざす」を合い言葉に発足した福井の詩誌「木立ち」の創刊同人にくわわったのは一九六八年、『哀が鮫のように』刊行の翌年であった。このとき広部英一は『木の舟』『鷺』の詩集をもつ詩人であり、北陸の風土に根ざした、底に深く死者を抱いた肌理細かな抒情詩人として屹立しており、敦賀に住む岡崎純は篤実な詩風の詩人として、南信雄は『蟹』を刊行して漁村の世界を対象に、情念性豊かなリアルな世界を展開していた。額面どおりに受け取るなら、「羇旅の詩、水の詩」人として出立した川上明日夫は、この定住者の文学をめざすことをどのように了解したろう。そこに先行する福井の詩人則武三雄の唱えた地方主義をもオーヴァーラップさせてもよい。ここのところの川上明日夫を、私は初期モダニズム風用語法との捩れの時期としてとらえておきたい。モダニズム風ということでいえば、引用した詩のなかから〈がらんとした少年〉〈木のような旅〉〈行方を漕いで〉といった表現のなかに感じとるのはたやすい。そうして、がらんとした少年は誘ったが、誘われたがわの痕跡はない。少年だけが水のなかへ行方を漕いで去ったのである。彼岸から誘われながら誘われ切れなかったもの、これもまたよそものではないか。これ以上の詮議立てはよそう。私はここに移ろいやすい不安定な自意識だけは見定めておきたい。はらはらするような詩人になりたての無菌状態を思うからである。そしてよそもの感覚はすでに発酵を開始していたのである。

この点、この詩人のもつ漂泊者の意識を引揚げ体験に置くことには無理があろう。これはこの詩人にとっては原体験ではなく追体験に属することになると思う。そのうえで川上明日夫にとっては、異郷である狐川をどう受け入れるかが、定住文学をめざすことを受け入れることの条件になった。同時に、川上明日夫が二十代のはじめ、ルーツが福井県という誼みも手伝って鮎川信夫に接近したことをもってモダニズム傾向と結びつけるかんがえ方にも御しがたい。といって私淑を否定的に取るのでもない。ここはむしろ詩を書くという原初にたちかえって、心情的なものとして受けとめておくほうがよいだろう。かわって、「空白の少年」の手法などを手がかりに影響を見るなら、ここは「四季」派系統の詩人のなかから、初期にモダニズムの洗礼を受けた詩人を思い浮かべるのがよいと思う。私のなかではさしあたって三好達治の『測量船』や『南窓集』が思われるが、あえて三好達治に限ることでもあるまい。それでもたとえば、『測量船』のなかから「草の上」など頭に置くと、川上明日夫のモダニズム混じりはそっくりではないまでも遠からずといってしまいたい。そして、ここでは、三好達治が戦争末期から戦後のある時期にかけて、福井の三国の海岸に住んだことも作用しよう。

彼岸へ、異邦人と寄り添うことを願いながら、川上明日夫の幻想のなかには、異邦の人でありながらのふるさとへの風土回帰の情念がたえず渦巻いているからである。

『白くさみしい一編の洋館《ホテル》』から『蜻蛉座』『夕陽魂』へと相渉る、五十歳代が、この詩人の現在時点でのピークをなすが、ここまで来ると、広部英一がやはりいちばん強度の翳を落とす。ここにいたって、しかし私たちは今いちど、はじめに紹介したフレーズにもどってみるのもよいだろう。〈水は体温〃よそものだから／いま　とても　あたたかい〉。

そういえば以前私は、広部英一、南信雄の詩にたいして川上明日夫の詩を、定住者の文学をめざすというテーゼを前に、前者がその実現を目指すのにたいし、後者は接近をめざすと書きとめたことがあった。雪は美しいかと広部英一は自問する。そして否《ノン》という。なぜなら豪雪の地上では雪は恐怖そのものであり、はてしなく重くのしかかるからだ。

それでも雪は美しいという見方があってもよいではないか、というところで成り立っているのが、川上明日夫の詩の世界であろう、と。

こんなふうにいってもよい。雪は恐怖そのものである。しかし、そこに接吻してもよいかというところで、恐怖そのものを巻き込むものとして、彼の彼岸幻想は成り立っていると。泥の川である狐川は、そこで実名であることによって、喩でなければならないのである。

原郷への帰還者

福島泰樹

われわれの国語は、元来人に聞かせるやうに作られてゐるのではない。吐き出すのではなく、口に含んでみる言葉なのだ。しとやかに、つゝましく……（原口統三『二十歳のエチュード』）

雪晴れの朝、窓際の椅子にもたれて詩集を紐解いていた。昨夜、地元のジャズミュージシャン達との絶叫ジョイントの打揚げの席で、頂戴したものだ。『白くさみしい一編の洋館《ホテル》』、あゝこの人は、痛切な別れを通過してきた人であるのだな。「心を落とすから／かるく　かるく走ってごらん」（「波紋」）。最初の頁の最初の二行を唇にのせた印象である。「Kokoro wo otosu Kara / Karuku Karuku Hashitte Goran」。母音と子音とが織りなす絶妙の響き、この人は、意味をではなく、音を連ねようとしているのだな。音節であり、楽譜であるコ、ト、バ。それになんとした優しい調べであろう。

「あなたからすこし離れて／それから」。R音の風靡く草叢から顔を出す「あなた」、あなたは、誰か。この応答は、フーガの技法で綴られてゆく。チェンバロの演奏と共にこの詩集を朗読してみたい。朗読者、絶叫師としての私の顔が持ち上がる。黙読しようとしても、おのずから唇が震えてくる。それは、諏訪優『谷中草紙』（一九八〇年、国文社）以来の感興である。それに、読中の酩酊感は、酒の酔いよりはるかに心地よい。情感を潤し、志操を充たしてくれる一行、一行。

　この一行を標すために、この人は人生の元手を相当にかけてきたに違いない。「風が少しでできたな／ぼくはいま　とても元気で寂しい」。「風が少しでできたな／ぼくは　いま　ぐっすりときみが寂しい」（「私信、ここで」『月見草を染めて』）。こころが静かに燃えようとしていた。

　ホテルの前に車が止まった。晩年の、寺山修司のシルエットから浮き出たような人が微笑している。

1

昨夜話を交わした詩人、川上明日夫である。車が走りだした。後部座席からやわらかな声。やはり昨夜出会った角鹿尚計、少壮の歴史学者である。開創は千三百年前の養老元年。四十八社三十六堂六千坊、僧兵八千の栄華を誇った平泉寺白山神社は福井県の北東部に位置している、という。

　車は福井市街から、鉄路を渡り、まばらに雪を被った晩秋の道を進んでゆく。白銀の連峰が目に眩しい。「さようなら／花月／／白くさみしい一編の洋館《ホテル》よ／そこを出てそこに還る　身よりのない思想よ／言葉よ」の酔いを揺曳していたのであろう。その気分が、とおい青春の記憶を引き寄せてくれたのか。「わが死せむ美しき日のために／連嶺の夢想よ！　汝《な》が白雪を／消さずあれ」。伊東静雄「曠野の歌」を、口ずさんでいたのだ。

ややたって、運転席から嗄れたテノール。

聞かれてしまったのか。赤面する私がいる。

あゝかくてわが永久《とは》の帰郷を
高貴なる汝《な》が白き光見送り
木の実照り　泉はわらひ……

わが痛き夢よこの時ぞ遂に
休らはむもの！

七行の嶺と十四の行間の峪を飛び越え、私の後を、諳誦したのは、なぜか。「Kikyou」のアクセントが耳朶を揺るがす。霰は、霙と変じ雪となっていた。朝に美しく晴れ上がっていた空を、おもたい雲が覆っている。これが越前か、凄まじい気候の激変ぶりだ。風土と詩、気候と気質。越前は、激情の詩を育むにちがいない。だが激情は抑えなければ危ない。それを囲繞するための、フォルム。この人は定型詩人よりも律儀に、フォルムに骨身を削り、新鮮な韻律を生み出そうと、冒険している。

白山神社、永平寺、そしていまだ真昼の、「箸のような夫婦」がいとなむ瀟洒な割烹の小上がり。酒と肴の妙に思わず、「越前ぶきよう箸」の一語が口をつく。「哀しみがこんなに美味しいとは」。

眸を潤ませているのは情熱を秘匿するためか、どこか南国風のゆったりとした風貌の詩人の照れ笑いが返ってくる。「花の譜、そして旅」がいい。酔いにまかせて感動に「虹んでゆく」私がいる。「秋る」ことなく「詩り尽」くそうとする私がいる。

帰郷　という一語を汲みだすと
にわかに陽は軽かった

この書き出しは、「自然は限りなく美しく永久に住民は／貧窮してゐた」（伊東静雄「帰郷者」）のそれに似ている。川上明日夫のキーワードは、「帰郷」にあるのか。ならば、集中、呪文のように繰り返し歌われる「越前《えちぜん》道守荘《ちもりのしょう》　社郷《やしろのさと》　狐川」は、終の帰還の地ではないというのか。

果てしなく続いていたポプラ並木
路地うらの鈴懸のそよぎ
国境を渡る馬車が　人を曳いてゆく
その女の風　風の絵はがき

そして、「満州国　間島省　延吉街　延吉／一九四〇年九月八日／わたしの誕生　わたしの不在」の三行が、にわかに現実味を帯び、盃《さかずき》に「詩然」の波濤が白くなみだつ。

2

霙降る狐川、瀟洒な割烹での至福の時から数えて、二十年の歳月が経とうとしている。この間、詩人は、『蜻蛉座』（一九九八年、土曜美術社出版販売）、『夕陽魂』（二〇〇四年、思潮社）、『雨師』（二〇〇七年、思潮社）と三冊の詩集と、数冊の選詩集を刊行している。いずれも左右を大胆に断《き》ったＡ５判もしくは菊判変型の、美本である。全篇ともに本集に収録されていることが頼もしい。

「風の舌　水の歯にかまれた心がとても痛い日は／悲喜をせせらいでいつまでも白く香っている／あなたの歯型」（「水の歯」）。「時雨ごこちの燗をつけると　それじゃあ　と／女は　深い霧の咽もとへ∥ひっそり還っていった」（「白秋」）。言葉の錬磨師が奏でるセレナーデ、しなやかでつややかな喩法の綾の照り翳り、人生という改札口の向こうのあの世とこの世。かけ違えた釦の、むせび泣き。魂の居場所。『蜻蛉座』の絢爛、『夕陽魂』の氾濫、『雨師』の厳粛。やわらかく発情するため、詩集という「紙の柩」を抱いて眠った二十年であった。

ああ　人生は一冊の紙の柩　たった一人の乗船

だが、初めて川上明日夫に出会う読者のためにも、解説者の役割を果たしておこう。詩人の誕生は、昭和十五年九月、旧満州延吉。父は川上茂、富山県泊の人、金沢大学で土木技術を修し、満州に渡り会社を興す。軍の飛行場や道路の機密設計に携わる。母フネは、鹿児島県国分で生まれ、女学校卒業後、タイピストとして日本の統治下にある朝鮮に渡り、就職先で茂と知り合い結婚、夫の任地を転々とする。その間、一男一女を生む（そうか、詩人との初対面の私の印象はあたっていた。寺山修司の父方のルーツは薩長時代の鹿児島）。

再び、「花の譜、そして旅」を引こう。

一九四六年七月二日　平桟橋　上陸

いまも　まだ
名づければ赤錆びた記憶の船燈《ランタン》に
そっとゆれる興安丸
涼しい感情の残留孤児よ　おまえは寒いか

敗戦五ヶ月前、現地召集。父は、シベリアに抑留。ソ連軍侵攻の中、母は、五歳の男児と三歳の女児を抱え、必死の日々を過ごす。奉天の収容所、そしてコロ島から引揚船興安丸に乗って舞鶴に帰還。夫と別れて、一年四ヶ月の日々が経過していた。この時、父二十九歳。母二十七歳。母子三人は、富山の父の生家でシベリアからの父の帰還を待つ。昭和二十四年、父帰還。

幼年といえど、死別、生別の、辛い時代の崖《きりぎし》に曝されていたのである。数千人もの子供たちが、残留孤児として中国に取り残された。この間の明日夫論は、「残留孤児の運命を共有するがゆえに詩人の彼岸のひと、異邦のひとへの慕情はいまもまだ高まり続けてきている」という広部英一「羇旅の詩、水の詩」（『白くさみしい一編の洋館《ホテル》』所収）の優れた作品論に譲る。

3

大正十四年に奉天に生まれた清岡卓行。昭和二年に京城に生まれた原口統三。途絶されたエチュードを引き継いだのは川上明日夫。「彼は植民地の子供である。祖国の山河は、絵本の中に住んでゐた」と統三は標した。そして辿り着いた祖国は、詩（日本語）であった。川上明日夫の漂流する魂が、詩にのめりこんでいった背景を私は、このように理解している。

やがて技師仲間の勧めで大震災の復興途上にある福井市で父は、測量事務所を開設。漂流する家族の定住の場所となったのである。

少年期、明日夫が肺を病んで入院した先ははからずも、傷病兵として帰還した鮎川信夫が治療の日々を過ごした陸軍施設と同じ病棟であった。中野の東京測量専門学校時代には詩を書き始めていたという。「運び去る者のために眼は在り／たった一行の詩句の傷みに／わたしの過去は在る」（「鬼火」）。昭和四十二年（一九六七）二十六歳、処女詩集『哀が鮫のように』（北荘文庫）を刊行。

喪われた故郷を求めて漂流し続ける魂は、統三がそうであったように日本の抒情の源泉へと遡行してゆく。第二詩集『彼我考』（一九七八年、紫陽社）は、三音、四音、五音、七音と指折り数えながら暗唱されんことをお勧めする。片歌、四句歌体、旋頭歌、仏足石歌、長歌と喪われていった古代歌謡の韻律（美しい日本語）が、やわらかく息づいている。

川上明日夫の詩作品が、懐かしい情感を喚起させるのはそのためでもあるのだ。現代詩の技法に加え、枕詞、掛詞、とりわけ縁語の妙は、譬えようもなく美しい。自在な句跨りは、イメージを重畳させ、夢の気配を濃厚にしてゆく。だからといって、短歌や俳句ではとても歌い得ない情感。これは、人生を「紙の柩」に収めたゆるぎない試行の果ての達成であるのだ。原郷への帰還者、川上明日夫の明日《あした》よ。魂の歌枕、「越前　道守荘　社郷狐川」に、しとやかに、つゝましく花吹雪かせよ！

求魂の旅人

宮内憲夫

私が、川上明日夫さんという詩人に初めて会ってからかれこれ、もう四十年にもなろうか？　その日時は我が脳裏の黒板からは、かなり大ざっぱな距離に休んでいるのだが反してその姿は鮮やかにして近付いてくるのだ。

その日、川上明日夫さんは音もなく崩れ落ちるような見事な泥酔ぶりを見せた。だが、その川上（以下、敬称略）に対して誰一人眉を顰める者は居ないのに驚いた。むしろ愛情に満ちた爽やかな微笑みさえも誘って酔眠する無邪気な姿には、生きている詩人を目の当たりにした思いがした。川上明日夫、彼に対し御世辞の一、二、の勢いを付けた、〈さん〉や〈氏〉は小論を散歩の迷子に出しかねないばかりか私の本音の邪魔に成るだけだ。

川上明日夫、この名前に対しひとしお距離を引き寄せて耳にする度に思うのは、一点の濁りもない響きに清々しさを覚えるのは、私だけだろうかとさえ思ってしまう。

〈名は、体をあらわす〉の喩えに素直に寄り添って行けば、川上明日夫の詩は、それを如実に〈唄〉っていると言っても過言ではあるまい。あるいは現代詩がすでに喪失してしまった〈唄〉の回復を、密かに企んでいるのかも知れない。たとえば、言葉を追いかけて止まない幼児が黙読という習慣を持たないままに、朗らかに発するあのリズム性を見逃さなかった、強かな詩人川上明日夫は現代詩人の中に在って類稀なる佳麗な抒情詩の書き手であるのと同時に、安住の地に居座れない厳しい詩への姿勢を不動にした切ないまでの求魂の旅人でもある。

範を採るべき物がないままに、何でも在れの垂れ流し的現代詩の混沌とした隘路には、未だにその出口は見えないままだ。詩は、常に良質な読者を求めて止まないが良質と読者を繋ぐ現代詩は数えるに足りないというのが現実である事をも、川上明日夫は既に熟知した上での覚悟である事は、今や言うまでもない事である。

抒情の否定が一時、新たな現代詩への展開でもあるがごとくに叫ばれた時期にも、川上の揺るぎない姿勢は常に独自の抒情への改革の距離を失う事はなかったのだ。

川上明日夫が固持する魂の姿勢とでも言うべきこの心奥には、彼岸と此岸を自在に往還する為の、蜻蛉の目を した鮮やかな旅装が見えてくる。その、ディテールを明瞭に物語るためには作品と彼の生い立ちに、鮮やかに繋がる過去、あるいは作中に多用されている〈水夫《かこ》〉がキーワードの役を果たしていると言えるだろう。川上はこの〈水夫〉に自ずから背負わされた、流民としての拭《ぬぐ》いされない〈過去〉を重ねて〈水夫〉に執拗さながらにして〈水夫《かこ》〉という「ルビ」を打つ。切ない魂の瘡蓋だ。

茫洋として限りない波の彼方へ、幼いままにして放り出された大陸から、水先案内人もないままに漕ぎ出す独りの少年。その、胸の内に張り渡されたスクリーンに去来する、かって過ごした大陸、帰り行くまだ見えないままの流れの先に在るだろう、父と母の国の姿勢《かたち》が……。

この刻すでに、詩人、川上明日夫の深淵から吹き出す抑え切れない心の「測量」は芽吹いていたと言っても過言ではない。生地なる中国で、目の当たりにした太陽が途方もない広大な地平線に沈む、身も心も一気に収斂されてゆくような光景、やわらかに包みゆく勾玉の大気に立ちつくす少年。否応なく刻み込まれていった精神への言霊が、迫り上がる刻はすでに運命《さだめ》のような流れの中に在ったと言えるかもしれない。三つ子の魂百までもの喩えは如何なる人の奥底にも漂うもので、決して反故にはできない。そういった残滓の様なものとして浮かび上がってくるものである。年端もいかぬ幼き者の怪しげな記憶なんて当てに成るものかは通じない。私にも鮮やかに甦る思い出が在る。三、四才の頃に祖母の背中から見せられた庭先の老梅、その残雪の小枝を揺する鶯と泣き声は今も残る。その後も、杜撰で過酷な現地とも知らずに兵士として送り出されて行く村の青年を祖母の肩先から見送った日を覚えている。敗戦など誰もがまだ信じていなかった一年前の春まだ浅き朝、幼い私の手には熊笹の幹を柄に貼りつけた新聞紙の真ん中に、紅柄《べにがら》で塗られた日の丸が書かれていた。忘れる事のできない異様な光景として浮かぶ。田畑の切れた森の小道に消え行く青年の後ろ姿。その人が行った戦地《さき》からの事実《こと》は知らないが。

きわめて不幸な時代を背負った一人の流民とも言うべき川上明日夫。彼から事こまかに、その生い立ちについて聞いた事はない。だが、二〇〇八年七月の半ば、北陸の地には珍しい筒抜けの青空の下、川上と私は久し振りに会った。夕暮れまで彼を引っ張り回して、大好きな海や風景をたのしんだ。その日の宿で会う手筈の莫逆の友は私の同席を知らないままに現れた。詩人、佐々木幹郎である。北陸近辺の詩人を交えた一夜の酒宴は忘れ難い。

翌日七月十三日は、高見順をしのぶ、荒磯《ありそ》忌に出席した。佐々木幹郎氏の講演まで時間があると川上が誘った喫茶店は、庭の広々とした野中の一軒家みたいな店であった。湿気のない陽光の中で、川上は忘れ難い思い出を嚙み締めるようにして、ぽつりぽつりと私と幹郎に中国での生活や父母の事を心の軌跡を辿るようにして話を聞かせてくれた。それは、魂の目を持つ、蜻蛉さながらにデジャビュ〈既視感〉の彼岸と、ジャメビュ〈未視感〉の此岸を、なめらかに往還する愛しい目線をたずさえた相聞歌を想わせた。還り行く障子紙のような心細い国を目指して、空鍋を引っ提げ、引き揚げ船の暗い船底から甲板へ、配給の雑炊を、独りで取りに行く少年の川上がそこで目にした大海の輝き。しみじみと〈水〉への郷愁が心に焼きついて、現在《いま》も緒が離れないままだと……。

川上明日夫が潜在的に引きずっている〈流民〉としての〈水夫《かこ》〉については、「日本書紀」にある應神天皇が十三年九月、すべての水手〈ふなこ〉を鹿子〈かこ〉という事、とあるが詳因はその流れからのものかもしれない。

いずれにせよ、川上の水夫は〈過去〉に繋がっている。その川上の魂の記憶は他人《ひと》の想像をはるかに越えた芯奥から喚起されている事実《こと》はまちがいないと言えるだろう。現実を超越した処を呼び起こさないかぎり詩もまた成り立たない。卓抜な記憶が時には、生以前までも延長されていくのである。詩集『夕陽魂』に見る作品の「見知らぬ草」の終わり四行は魂の蜻蛉の目で見ている。

生け垣の向こうは
いま
私の国境
アジアの軽い冬が流れている

川上明日夫の全作品を何度も読み返してみて現代詩が放却の振りをしている処の、魂の心地よい浮上を連ねれば枚挙に遑がない。時流に追われ詩が無機質的な修辞へと過度に傾倒していく時、喪失するのは魂だ。それを、いち早く看破するのは詩を愛する数少ない一般の読者であり、けっして詩人達ではない事を川上は知っている。現代詩に於ける類稀なる抒情詩人、川上明日夫の「詩への礼儀」は強かに貫かれていると言ってよい。

私はここに、川上の魂の在り処の極一部分を語ったにすぎないから、詩論は雄弁術の確かな論客に委ねるしかない。川上明日夫は、求魂の旅人。在る限りを新たな抒情を目指す心の費用《ついえ》として、その旅は続くだろう。

現代詩文庫　192　川上明日夫

発行・二〇一一年六月二十日　初版第一刷

著者・川上明日夫

発行者・小田啓之

発行所・株式会社思潮社

〒162-0842　東京都新宿区市谷砂土原町三―十五

電話〇三（三二六七）八一五三（営業）八一四一（編集）八一四二（ＦＡＸ）

印刷・三報社印刷株式会社

製本・株式会社川島製本所

ISBN978-4-7837-0969-5 C0392

現代詩文庫

第I期

- ⑯⑯ 倉橋健一　坪内稔典／松原新一他
- 167 高貝弘也　吉岡実／新井豊美他
- 168 御庄博実　長谷川龍生／北川透他
- 169 続吉原幸子　大岡信／多田智満子
- 170 井川博年　川本三郎／八木幹夫他
- 171 加島祥造　原満三寿／池崇一他
- 172 続続吉原幸子　谷川俊太郎／新川和江他
- 173 続粕谷栄市　横木徳久／野村喜和夫他
- 174 小池昌代　飯島耕一／井坂洋子他
- 175 征矢泰子　新川和江／新井豊美他
- 176 八木幹夫　小沢信男／新倉俊一他
- 177 続入沢康夫　野村喜和夫／田野倉康一他
- 178 岩佐なを　城戸朱理／矢川澄子他
- 179 四元康祐　栩木伸明／谷川俊太郎他
- 180 山本哲也　吉野弘／北川透他
- 181 続続辻征夫　清岡卓行／高橋源一郎他
- 182 友部正人　谷川俊太郎／宮沢章夫他
- 183 河津聖恵　新井豊美／瀬尾育生他
- 184 星野徹　笠井嗣夫／武子和幸他
- 185 山崎るり子　三浦雅士／井坂洋子他
- 186 続渡辺武信　松本隆／荒井晴彦
- 187 最匠展子　金子光晴／長谷川龍生他
- 188 続安藤元雄　飯島耕一／新井豊美他
- 189 続井坂洋子　室井光広／蜂飼耳他
- 190 高岡修　富岡幸一郎／北川透他
- 191 続伊藤比呂美　四元康祐／新井高子他
- 192 川上明日夫　広部英一／長谷川龍生
- 193 秋山基夫　片桐ユズル／福間健二

＊人名（明朝）は作品論／詩人論の筆者

- 1 田村隆一
- 2 谷川雁
- 3 岩田宏
- 4 山本太郎
- 5 清岡卓行
- 6 黒田三郎
- 7 黒田喜夫
- 8 吉本隆明
- 9 鮎川信夫
- 10 飯島耕一
- 11 天沢退二郎
- 12 吉野弘
- 13 長田弘
- 14 吉岡実
- 15 富岡多恵子
- 16 那珂太郎
- 17 安西均
- 18 長谷川龍生
- 19 高橋睦郎
- 20 茨木のり子
- 21 安水稔和
- 22 鈴木志郎康
- 23 生野幸吉
- 24 大岡信
- 25 関根弘
- 26 石原吉郎
- 27 谷川俊太郎
- 28 白石かずこ
- 29 堀川正美
- 30 岡田隆彦
- 31 入沢康夫
- 32 片桐ユズル
- 33 川崎洋
- 34 金井直
- 35 渡辺武信
- 36 安東次男
- 37 三好豊一郎
- 38 中桐雅夫
- 39 中江俊夫
- 40 高野喜久雄
- 41 吉増剛造
- 42 渋沢孝輔
- 43 高良留美子
- 44 三木卓
- 45 加藤郁乎
- 46 石垣りん
- 47 木原孝一
- 48 北川透
- 49 菅原克己
- 50 多田智満子
- 51 鷲巣繁男
- 52 寺山修司
- 53 木島始
- 54 清水昶
- 55 金井美恵子
- 56 吉原幸子
- 57 藤富保男
- 58 岩成達也
- 59 井上光晴
- 60 会田綱雄
- 61 北村太郎
- 62 窪田般彌
- 63 辻井喬
- 64 新川和江
- 65 吉行理恵
- 66 中井英夫
- 67 粕谷栄市
- 68 清水哲男
- 69 山本道子
- 70 宗左近
- 71 中村稔
- 72 粒来哲蔵
- 73 諏訪優
- 74 続飯島耕一
- 75 荒川洋治
- 76 佐々木幹郎
- 77 正津勉
- 78 辻征夫
- 79 安藤元雄
- 80 藤井貞和
- 81 大野新
- 82 犬塚堯
- 83 小長谷清実
- 84 江森國友
- 85 天野忠
- 86 嶋岡晨
- 87 阿部岩夫
- 88 関口篤
- 89 衣更着信
- 90 ねじめ正一
- 91 菅谷規矩雄
- 92 井坂洋子
- 93 片岡文雄
- 94 伊藤比呂美
- 95 新藤凉子
- 96 青木はるみ
- 97 中村真一郎
- 98 嵯峨信之
- 99 稲川方人
- 100 平出隆
- 101 松浦寿輝
- 102 朝吹亮二
- 103 続荒川洋治
- 104 続藤井貞和
- 105 続寺山修司
- 106 吉田文憲
- 107 瀬尾育生
- 108 続谷川俊太郎
- 109 続続谷川俊太郎
- 110 続田村隆一
- 111 続続田村隆一
- 112 続天沢退二郎
- 113 続続天沢退二郎
- 114 新井豊美
- 115 続吉増剛造
- 116 続続吉増剛造
- 117 続鮎川信夫
- 118 続北村太郎
- 119 続吉野弘
- 120 続石原吉郎
- 121 続鈴木志郎康
- 122 川田絢音
- 123 続続吉野弘
- 124 続北川透
- 125 続白石かずこ
- 126 続清岡卓行
- 127 続宗左近
- 128 牟礼慶子
- 129 続吉岡実
- 130 続辻井喬
- 131 続大岡信
- 132 続新川和江
- 133 続川崎洋
- 134 続清水昶
- 135 続高橋睦郎
- 136 続長谷川龍生
- 137 続中村稔
- 138 八木忠栄
- 139 続佐々木幹郎
- 140 城戸朱理
- 141 野村喜和夫
- 142 平林敏彦
- 143 続渋沢孝輔
- 144 続那珂太郎
- 145 財部鳥子
- 146 続長田弘
- 147 吉田加南子
- 148 続清水哲男
- 149 辻仁成
- 150 木坂涼
- 151 田中清光
- 152 阿部弘一
- 153 続続大岡信
- 154 続続鮎川信夫
- 155 続辻征夫
- 156 福間健二
- 157 守中高明
- 158 平田俊子
- 159 村上昭夫
- 160 広部英一
- 161 白石公子
- 162 鈴木漠
- 163 高橋順子
- 164 池井昌樹
- 165 続続清岡卓行